1

島本温子《あつこ》は、ゆっくりとページを捲《めく》り、そこに記された手書きの文章を、懐かしく読み返していく。日々の忙しさに埋もれていた記憶が、たちまち命を得て動きだす。

あれは一カ月が過ぎたころだったか。

幸太《こうた》の澄んだ瞳が、温子の顔をしっかりと見つめるようになった。その一途《いちず》な眼差《まなざ》しは、

(あなたがぼくのママなの?)

と問いかけてくるようだった。

温子も、

(そうだよ)

と腕の中の幸太に微笑《ほほえ》みかけた。

幸太が微笑み返してくれるようになったのは、その二カ月後。初めて笑みを交わし合えた瞬間は忘れられない。

おすわりができるようになったのは、八カ月目だ。このころから人見知りをするようになった。

外にお出かけしたとき、近所に住む年配の男性から声をかけられ、硬直したまま涙ぐんでしまったこともある。

立って歩けるようになってからは、後追いがはじまった。温子の姿が見えないと、不安になって探し回るのだ。温子はほかの子の世話もしなければならないので、一日中まとわりつかれては困るのだが、半面、母親として認められていることに、誇らしさと喜びを感じた。

幸太の実母は、十六歳で彼を産んでいる。中絶可能な時期を過ぎていたための、やむを得ない出産だった。赤ん坊を育てる意思は、母親本人にも、その周囲にも、なかった。

幸太は、母乳はおろか名前さえ与えられないまま、双葉《ふたば》ハウスに連れてこられた。誰にも祝福されずに生まれてきたその子に〈幸太〉という名前を贈ったのは、温子だ。

乳児期の子どもには、自分の呼びかけにすぐに応えて、快い感覚で包んでくれる存在が不可欠だ。そういう〈特別な大人〉を獲得できた子どもは、自分は愛される価値があるのだという確信を、心の深いところに刻むことができる。これが人として生きていく土台になる。ふつうは実親が〈特別な大人〉の役割を果たすのだが、乳児院に預けられる子どもたちには、それが期待できない。だから多くの乳児院では、一人一人の子どもに担当養育者が付くことになっている。できるだけ一対一の関係を築き、子どもにとっての〈特別な大人〉になるために。このような担当養育者のことを、母親代わりを務めるという意味を込めて、双葉ハウスでは〈マザー〉と呼んでいた。もちろん、男性保育士が担当養育者になれば〈ファーザー〉と呼ぶことになるのだろうが、あいにく双葉ハウスにはまだ一人も在籍していない。ともあれ温子は、幸太のマザーとなったのだった。

マザーになると、担当児の養育日誌を任される。養育日誌は、一冊のケースファイルにまとめられる。幸太のケースファイルを見れば、幸太が毎日をどのように過ごし、成長してきたか、すべてわかる。検温結果や排泄《はいせつ》の有無、食欲はどうか、といった保健上の事柄だけではない。幸太がその人生の初期に出会った小さなエピソードの数々が、大切な宝物のように収められている。幸太乳児院のケースファイルは、単なる記録ではない。その子が生まれてから、人として歩みはじめるまでの、生の証《あかし》なのだ。

温子は次のページを捲った。

大きな文字が躍っていた。

「ああ、そうそう……」

この日、温子のことを初めて〈あーたん〉と呼んでくれた。小さな掌《てのひら》で、温子の顔をぱたぱたと叩《たた》きながら。飛び跳ねるような字に、そのときの感激が表れている。

幸太は散歩の時間が大好きだった。温子の腕に抱かれながら、通り過ぎるバイクや空を飛ぶ鳥に目を輝かせていた。自分の足で歩けるようになってからは、気になるものがあると脇目もふらずに近づいていった。道ばたで花や虫を見つけるたびにしゃがみ込み、あの一途な眼差しをじっと注いでいた。犬小屋に繋《つな》がれた犬に不用意に近づいたとき、いきなり激しく吠《ほ》えられ、びっくりして泣いてしまったこともある。その後しばらくの間、その家の前を通るときは、温子のピンク色のエプロンにしがみついて離れなかった。端午の節句。七夕。夏のプール。クリスマス会。

お正月。節分。晴れの日。雨の日。雷の日。雪の日。台風で停電した夜。笑ったり、泣いたり、怒ったり、お友だちと仲よく遊んだり、おもちゃを取り合って喧嘩《けんか》したりした毎日。思い出は尽きない。なんと豊かな二年間だったことだろう。

「幸太……楽しかったね」

乳児の記憶は失われやすい。一年もしないうちに、双葉ハウスで暮らした日々も、温子の顔も、幸太の中から消えてしまうだろう。

でも、このケースファイルは残る。双葉ハウスでいつまでも大切に保管される。

「島本さん、まだこんなところにいたんですか」

ドアのところに佐藤万里《まり》が立っていた。プーさんの絵柄の入ったオレンジ色のエプロンがよく似合う。左腕に一歳二カ月の聡《さとし》くんを抱き、右手で一歳半の碧《みどり》ちゃんの手を引いている。

「幸太くん、行っちゃいますよ」

温子は、あわててケースファイルを閉じ、目頭を指で拭った。

「うん、すぐ行く」

佐藤万里が、温子の涙に気づいたらしく、小さくうなずいただけで、

「さ、聡くんと碧ちゃんも、幸太くんのお見送りに行こうねえ」

去っていくとき、碧ちゃんがバイバイと手を振ってくれた。覚えたばかりの仕草だ。温子も笑顔で振り返した。

温子は、深呼吸を一つしてから、立ち上がり、保育士室を出た。

双葉ハウスには、ゼロ歳から二歳までの乳児たちが暮らしている。親の病気や生活苦、失踪、虐待や育児放棄など、理由は様々だが、半数以上は、せいぜい数カ月で実親のもとへ帰っていく。

しかし、二歳を超えても家庭にもどれないときは、原則として措置変更がなされる。児童養護施設などの児童福祉施設に移るのだ。法律上では、小学校に上がるまで乳児院にいられるようになってはいるが、人手不足や施設の問題もあって、現実には難しい。

間もなく二歳になる幸太も、児童養護施設に措置変更となるところだったが、寸前になって、里親候補が現れたとの連絡が、児童相談所から寄せられた。子どものいない四十代の夫婦だ。

里親といっても、生身の人間を相手にする以上、きれいごとでは済まない。子どもの退行現象や試し行動に耐えきれず、あるいは大人側の勝手な都合で、委託解除となるケースも少なくない。しかし、幸太の里親候補となった夫婦は、温子もなんどか話したことがあるが、そのあたりの事情にも通じ、人格的にも申し分なく、この人たちなら大丈夫だと思わせてくれた。二カ月にわたる施設での交流や、短期・長期の外泊を経て、里親委託が決定し、いまや幸太もすっかり懐いている。

そして、きょうは、幸太が正式に双葉ハウスを去り、里親に引き取られていく日だった。外泊と違って、幸太がここにもどってくることは、二度とない。幸太の母子健康手帳も、すでに里母の手に渡されている。きちんとお別れを告げることが、マザーとしての最後の仕事になる。

双葉ハウスの玄関には、見送りの保育士や子どもたちが集まっていた。施設長や事務長、主任保育士の村田公子《きみこ》、佐藤万里もいる。幸太の里親委託を担当した児童相談所の職員の顔も見える。

大人たちに囲まれた幸太は、新しい両親に手を繋いでもらっている。しかし、温子が姿を現したとたん、里親の手を振り切り、大人たちの間を縫って駆けてきた。

温子は、飛び込んでくる小さな身体《からだ》を抱きとめた。

「幸太……おい、どうした」

幸太はなにもいわず、ぎゅっとしがみついてくる。幼い指で、温子のピンク色のエプロンを握りしめている。わずかでも離れることが怖くて堪《たま》らないとでもいうように。里親宅に外泊するときでも、こんなことはなかった。本能的になにかを感じているのか。

「……幸太」

身体の奥から強烈な衝動が突き上げてきた。この子を手放したくない。誰にも渡したくない。だってこの子はわたしの……。

（……いけない）

自分の悲しみが幸太に伝わり、幸太を不安にさせている。だから、こんなにしがみついてくる。わたしはあくまでマザーだ。保育士だ。幸太の母親にはなれない。なってはいけない。この子の母親になれるのは、あそこにいる女性だけ。マザーとして、その女性に、幸太を託す責任がある。

温子は、小さな肩を摑《つか》み、やさしく押しもどした。幸太の目線まで下り、

「幸太、よかったな。おめでとう！」

飛び切りの笑顔をつくると、やっと無邪気な笑みを見せてくれた。

「あーたん、あーたん！」

幸太がいいながら、温子の頬を撫《な》でる。その手が温かい。

「あーたんとは、きょうでお別れだよ。でも、あーたんは、幸太のことを絶対に忘れないからね。幸太が元気で楽しい毎日を送れますようにって、いつも神様にお願いしてるからね」

意味を理解したのかどうか、わからない。しかし幸太は、あの一途な眼差しで、じっと耳を傾けている。

「さようなら。バイバイ、幸太」

「ばいばい？」

幸太が、目をくりくりさせ、首を傾《かし》げた。

「あーたんとは、これで、バイバイ。これからは、お父さんとお母さんが、幸太を守ってくれる」

「とたたと、はしゃん？」

「そう。お父さんとお母さん。ほら、あそこにいるだろ。幸太を待ってるよ」

温子は、幸太を振り向かせた。

里母となる女性が、腰を落として腕を広げる。その傍らに立つ里父の男性は、心なしか涙ぐんでいた。

（幸太のこと、頼みます）

温子は思いを込めて、幸太の背中を軽く押した。

（行け、幸太っ！）

幸太が走りだす。

温子に駆け寄ってきたときよりも勢いよく、里母の胸に飛び込んでいった。

双葉ハウスの建物は、鉄骨平屋建てで、延べ面積は三百九十四平米。コバルトグリーンのなだらかな三角屋根が、太陽に向かって開く双葉をイメージさせる。ここで、施設長や事務長をはじめ、保育士や看護師、栄養士、調理員、ファミリーソーシャルワーカーなど総勢二十名の職員が、日夜子どもたちのために奮闘していた。

双葉ハウスの朝は五時に動きだす。夜勤者二名がまずは軽く朝食をとって臨戦態勢に入る。子どもたちが目を覚ましはじめるのは五時半ごろ。起きている子から順番にオムツを替えて、パジャマから普段着に着替えさせるのだが、一歳九カ月の春香《はるか》ちゃんは最近、やたらと自分でやりたがる。とりあえず春香ちゃんには気の済むまでやらせておいて、その間にほかの子にとりかかる。そのうちに春香ちゃん、やはり自分だけでは如何《いかん》ともしがたく、泣きついてきて一騒動起こす。

お次は朝の検温だ。乳児の脇の下に体温計を何分間も挟んでおくのは難しいし、時間もかかるので、耳式体温計を使っている。一歳五カ月で早くも第一反抗期の兆しのある敏也《としや》くんは、それすら頑強に拒絶するので、カブトムシのおもちゃで注意を逸《そ》らした隙に手早く済ます。発熱が疑われるときは、あらためて時間をかけて測り直す。

布団の片づけを終えたら、子どもたちの朝食の準備。ご飯のときもあればパンのときもある。メニューは栄養士が決める。生後五カ月未満の乳児には、欲しがるときに欲しがるだけ授乳する。ゼロ歳後半の子どもたちには、段階に合わせた離乳食が用意される。

食事のあとは、一歳後半の子には自分で歯磨きをさせ、最後に保育士の手で仕上げ磨き。嫌がる子もいる（たとえば育磨《いくま》くん、夏彦《なつひこ》くん）が、乳歯は放っておくとすぐ虫歯になるので、押さえつけてでもやらなければならない。これがまた体力を消耗する。

八時半になると、ようやく日勤者四名が加わって、ほっと一息つける。夜間勤務の終わる九時十五分を過ぎたころには、精も根も尽き果てた夜勤者が、プレイルームで大の字に伸びていたりする。そんなときは子どもたちが待ってましたとばかり、格好の遊び場としてよじ登ってくる。一歳八カ月の恵理《えり》ちゃんは、どこで覚えたのか、マッサージの真似事《まねごと》をしてくれることもある。

ここからは日勤者四名が引き継ぐ。

午前中はプレイルームでごっこ遊びをしたり、みんなで散歩に出たり、芝の敷き詰められた院庭で外遊びをしたりして過ごす。

昼食を済ませると、午睡《ひるね》の時間だ。月齢の浅い子は睡眠時間も不規則だが、ある程度進むと定まってくる。運のいい日は、入所児全員が一斉に眠りについてくれて、双葉ハウスに束《つか》の間の平和が訪れる。そんなときは、調乳室を兼ねた保育士室に日勤者が集まり、ゆっくりと担当児の養育日誌を書いたり、おしゃべりしながらお茶を飲んだりできる。幸太が双葉ハウスを去ったこの日も、そういう意味では、運のいい日だった。

「島本さん……島本さん、だいじょうぶっすか」

温子は、はっと我に返った。

声の主は、テーブルを挟んで正面に座っている寺尾早月《さつき》。去年、保育士として配属された二十一歳の新鋭だ。短大の保育実習で双葉ハウスに来たとき、派手な化粧を事務長に一喝され、その場で化粧を落として別人に変身したという武勇伝を持つ。いまでは勤務中はほとんどスッピンだが、言葉遣いは荒っぽいままで、一部の職員からは親しみも込めて〈ヤンキーねえちゃん〉と呼ばれている。黄緑色のエプロンがトレードマークだ。

「……あ、うん、だいじょうぶ」

湯飲みを両手で握ったまま放心していたらしい。

「ま、無理はないよねえ」

貫禄ある主任保育士・村田公子が、しみじみといって、サラダせんべいを嚙《か》み砕いた。プーさんエプロンの佐藤万里も、養育日誌から顔を上げて、うなずいている。

保育士とて人の子。とくに幸太のように生後すぐから二年の長期にわたって成長を見守ってきた担当児に対しては、我が子同然の感情を抱く。気持ちの上では完全に母親になってしまう。むしろ、そういう気持ちがなければ、マザーは務まらない。しかしそれゆえに、担当児と別れたときの喪失感は並大抵ではない。

温子も今年で三十二歳。保育士歴も十二年。担当児と別れるのは、これが初めてではない。だが、これぱかりはいくらキャリアを積んでも、慣れるということがなかった。村田公子も佐藤万里も経験済みなので、温子の気持ちがわかるのだ。

開け放してあるドアの向こうから、泣き声が聞こえてきた。

寺尾早月が、ぴくん、と反応する。

「健一郎《けんいちろう》だ」

すばやく立ち上がり、保育士室を飛び出していった。その背中を、村田公子が頼もしそうに見送る。健一郎くんは寺尾早月にとって初めての担当児で、一歳六カ月。

「健一郎くんも、決まりそうなんですよね」

佐藤万里が、ボールペンを握った手で頬杖《ほおづえ》をつく。

健一郎くんが双葉ハウスにやってきたのは一年前。両親は失踪して行方不明。さいわい里親候補が見つかり、現在、交流をはじめている段階だ。聞くところでは、感触は良好とのこと。このまま里親委託が決定すれば、健一郎くんは双葉ハウスを去ることになる。そのときは寺尾早月も、温子と同じ悲しみを味わわなければならない。

「ま、これがあたしらの仕事だからね」

村田公子が、お茶を一飲みにしてから立ち上がる。佐藤万里も養育日誌をぱたんと閉じる。健一郎くんの泣き声に刺激されて、ほかの子も目を覚ますころだ。

温子も、

「よしっ！」

と気合いを入れて腰を上げた。

幸太が去り、双葉ハウスに入所している乳児は十八名となった。これだけの子どもたちを、昼間は四名、夜間は二名で見ることになる。担当養育制をとっているといっても、担当児だけをかまっていればいいわけではないし、休暇のときはほかの保育士に担当児を見てもらわなければならない。一人の保育士が担当する乳児の数も、多いときは三人になる。

温子も、幸太のほかに、一歳になったばかりの麻香《あさか》ちゃんを二週間前から担当していた。実母が病気で入院することになったためだが、さいわい順調に回復しているそうなので、麻香ちゃんと別れる日も遠くないだろう。

午睡のあとは、ふたたび検温、おやつの時間と続き、合間に随時入浴させる。月齢の浅い子は沐浴《もくよく》。ある程度大きい子は、入浴当番の保育士が一人一人お風呂に入れる。きょうの当番は佐藤万里と寺尾早月。少しでも家庭的な雰囲気を経験させるために、保育士も裸になっていっしょに入浴するので、途中で交代しないとのぼせてしまう。もちろんその間もほかの子どもたちの相手をしなければならないので、一日のうちでこの時間帯がもっとも多忙となり、看護師、栄養士、ソーシャルワーカーからときには事務長まで、手の空いている職員が総動員される。それでも全員を入浴させられず、残った子を翌日に回すことも少なくない。

午後四時になると、準夜勤の職員が出勤してくる。準夜勤はいちおう深夜零時十五分までだが、たいてい夜勤との連続勤務になるので、翌朝九時十五分までの長時間労働となる。夜勤に入るのは月に三、四回。勤務スケジュールは事務長が調整するので、都合の悪い日は前月中に伝えておく。

日勤者は、午後五時十五分をもって勤務終了。引き継ぎを済ませ、担当児の養育日誌を書き終えて、ようやく帰り支度をはじめられる。

更衣室でエプロンを外し、勤務用の動きやすい服装から、通勤用の少しおしゃれな格好に変わるとき、精神的にも〈マザー〉から〈普通の女性〉に切り替える。そして、切り替えた姿を子どもたちに見せることなく、裏の通用口から乳児院を後にする。

この日の温子は、引き継ぎを終えてから、幸太の最後の養育日誌を書き上げ、ケースファイルごと保管用の書庫に移した。

事務室の奥に並んだスチール書庫には、双葉ハウスを巣立っていった子どもたちの記録が、すべて揃っている。温子が担当した子のファイルもある。背表紙に記された名前を眺めていると、一人一人の顔が浮かんでくる。

「幸太くん、よかったよね、いい里親が見つかって」

事務長の野木武《のぎたけし》が、声をかけてきた。髪の薄い四十代の男性だが、肌がやけに綺麗《きれい》で、声もどこか女性っぽい。そのせいかどうか、大人の男性を見ると泣きだすことの多い乳児も、野木事務長だけは怖がらない。酒は一滴も飲まないが、大の缶コーヒー好きで、デスクにはたいてい飲みかけの缶コーヒーが置いてあり、引き出しの中にも常備してある。ただし、寺尾早月を一喝したエピソードが示すように、職務には厳しい。

「ええ、ほんとうに……」

温子は、書庫の引き違い戸を閉めて施錠した。これで、幸太との日々は完全に終止符を打たれたことになる。

「では、お先に失礼します」

「お疲れ」

野木事務長の声を背中で聞き、事務室を出た。

（よかったんだ。これで、よかったんだ……）

更衣室に入ろうとしたとき、ドアが勢いよく開いた。

現れたのは、着替えを済ませた寺尾早月。軽く化粧までしている。

「お先っす」

明るくいって、温子の脇を通り抜ける。

通用口は更衣室の右手にあるのだが、寺尾早月は逆の方向へ行こうとする。そちらにはプレイルームがあり、夕食を終えた一歳児たちが自由遊びの真っ最中のはず。

温子はピンときた。

「寺尾さん、どこに行くつもり？」

温子の詰問するような声に、寺尾早月が振り返る。

「帰る前に、健一郎に顔を見せてやろうと思って。あいつ、あたしがいないとほんとに寂しがるんすよ。だから、最後にぎゅって抱きしめて、明日までいい子でいろよって――」

「やめなさい」

「……どうしてっすか」

「きょうのお別れのあいさつは済ませたでしょ」

「あいつ、あたしの顔を見ると、ほんとにうれしそうに駆け寄ってくるんすよ。それが可愛《かわい》くてたまんないっていうか」

幸福そのものといった笑みが広がる。

彼女は、母親というポジションに陶酔している。初めての担当児だから無理もないが、それではプロとして失格だ。

「でも、あなたが帰ったあとで、健一郎くん、いつも泣いてるんだよ」

「だから、帰る前にもう一度だけ――」

「あなたのその軽率な行動が、かえって健一郎くんの心をかき乱して、情緒を不安定にさせてるって、どうして気づかないの」

寺尾早月の瞳に、反抗的な光が点《とも》った。

「いまのあなたは、自分の気持ちを満たしたいだけ。健一郎くんにとっての自分自身の価値を再確認したいだけ。健一郎くんの反応を見て安心したいだけ。違う?」

「あたしは……べつに……」

「それは愛情とはいわない。単なるエゴ」

寺尾早月が、悔しげに顔を歪《ゆが》め、うつむいた。

「このまま帰りなさい。健一郎くんに会わずに。また明日になったら――」

「島本さん、幸太くんが行っちゃったから、嫉妬してんじゃないすか。あたしと健一郎に」

寺尾早月が暗い声でいった。

「え……?」

「失礼します」

温子とは目を合わせないまま、乱暴な足取りで通用口から出ていく。

温子は茫然《ぼうぜん》と立ち竦《すく》んだ。

(嫉妬って……)

肩をぽんと叩かれた。

村田公子だった。

更衣室ですべて聞いていたらしい。寺尾早月の出ていった通用口を眩《まぶ》しげに見やって、

「若いよねえ」

「ちょっと、言い方が拙《まず》かったようです」

「いいんじゃないの、あれくらいストレートで。あの子には、ちゃんと届いてるよ」

「だといいんですけど」

「届いたからこそ、あんたの言葉に従って、健一郎くんに会わずに帰った。でしょ?」

温子は、自信なげな笑みを返す。

「心配しなさんなって。彼女、いい保育士になるよ。昔のあんたにそっくりだもん」

「……そうでしょうか」

「忘れたの? 初めての担当児とのお別れのとき、あんたは——」

顔面が熱くなった。

「む、村田さん、その話は……」

村田公子が豪快に笑って、

「未熟は若さの特権だよ。さ、帰ろ、帰ろ。うちにも、でっかい赤ん坊が待ってるからね」

ばたばたと足音を響かせて、通用口を出ていった。


温子は、双葉ハウスから車で三十分の二階建てアパートで一人暮らしをしている。愛車は中古の赤いデミオ。通勤で運転するときは、お気に入りの洋楽を大ボリュームで鳴らし、ときにはいっしょに歌ってストレスを発散させるが、この日はプレイボタンを押す気にもならなかった。

温子は、静寂の中でデミオを発進させ、黙々とハンドルを握る。ひたすら運転に集中し、ほかのことは考えないようにする。デミオをアパートの駐車場に入れ、階段を上って部屋のドアに手をかけたときだった。

胸に切ない痛みを覚え、涙がこぼれそうになった。幸太をこの部屋に連れてきた日のことが、抑えようもなく脳裏に蘇《よみがえ》ったのだ。

マザーとなった保育士は、ショートステイと称して、担当児を自宅に連れ帰って泊めることがある。より家庭に近い雰囲気を子どもに経験させ、マザーとの愛着関係を深めるためだ。

双葉ハウスに勤務している時間帯は、ほかの子どもたちの世話もしなければならないが、ショートステイのときは、文字どおり担当児と一対一で関われる。本物の母子のような濃密な時間を過ごせる。子どもが喜ぶのは当然だが、マザーにとっても、担当児を独り占めできる楽しいひとときだった。

二人でスーパーに出かけて買い物したり、食事をつくったり、お風呂に入ったり。夜は床に布団を敷いて添い寝。幸太は、小さな手で温子の指をぎゅっと握ると、すとんと落ちるように眠った。あどけない寝顔を見守っているときの、安らかで満ち足りた気持ちは、ほかでは味わえない。この子を守るためなら自分は躊躇《ためら》うことなく命を投げ出すだろうと、自然に思えたものだ。

しかし、いまの幸太がいちばん大好きな大人は、この自分ではない。里親となった夫婦なのだ。その現実を認めることは、あまりにつらい。

温子は、食事の用意をする気力も失《う》せ、部屋の真ん中に座り込んだ。

〈幸太くんが行っちゃったから、嫉妬してんじゃないすか。あたしと健一郎に〉

寺尾早月の暗い声が、心の空洞に響く。

(そうかもしれない……)

彼女のあまりに能天気な態度が癇《かん》に障《さわ》ったのだ。だから、つい言葉の調子が強くなってしまった。後輩の指導にかこつけて、自分の感情を吐き出しただけだ。

(……保育士、何年やってんだよ、わたしは)

温子は、自己嫌悪にまみれて膝を抱いた。

2

大きなディスプレイボードが、何枚も並んでいる。その全面を埋め尽くしているのは、画用紙にクレヨンで描かれた女性の顔、顔、顔。ほとんどは、黒色の輪郭の内側を肌色で塗りつぶし、そこに目や鼻や口を加えただけの単純なものだ。真ん丸な顔。細長い顔。笑っている顔。澄ましている顔。メガネをかけた顔。アイドルのような顔。太っている顔。妙に暗い表情の顔もある。市内の幼稚園や保育園の園児たちの作品だった。

〈母の日　にがお絵展！〉

ショッピングセンター・ユアモールが毎年開催している、恒例のイベントらしい。

樫村多喜《かしむらたき》は、似顔絵の大群を眺めているうちに、気分が沈んできた。なぜなのかと問われても、多喜にはうまく答える自信がない。いまの自分の気持ちを分析し、的確に表現することは、十一歳の多喜には荷が重すぎる。

もやもやしたものを抱えたまま、催事広場を離れた。うす汚れた水色のジップアップ・ジャケットのポケットに手を突っ込み、痩せた背を丸めて顔をうつむき気味にすると、伸びた髪が目にかかる。垂れた髪の向こうに用心深く世界を見ながら、多喜は一歩一歩進んだ。進むしかなかった。

夕方だけあって、店内は混雑している。レジの上に掲げてあるナンバーにはすべてランプが点り、カートを押す買い物客の列ができていた。バーコードを読みとる音が乱れ舞う中、多喜はレジカゴも持たず、売り場へと入っていく。野菜や果物の積まれた脇を抜け、特売のカップラーメンの山を回って、目的の棚の前に立った。

化粧品コーナー。

一点の曇りもなくメイクされた女優が、妖艶に微笑みながら、多喜を見下ろしてくる。大手化粧品メーカーのロゴが目立つ特製の棚は、内部に照明が埋め込まれていて、棚自体が眩《まばゆ》く光っている。光の中に陳列されている製品のパッケージは、吸い込まれるような深紅で統一されており、そこに刻まれた金色の英文字が傲慢に輝いていた。どうやって使うものなのか、多喜には見当もつかない。

隣の棚には、別メーカーの製品が並んでいる。こちらの棚は、内部の照明もなく、雰囲気も控え目だ。口紅が目に留まった。これなら自分にもわかる。適当に一本を手に取った。顔は口紅に向けたまま、目を左右に配る。

近くに人はいない。

できる。

そう思ったとたん、手が震え、心臓が胸を叩きはじめた。呼吸が浅く速くなり、口が渇いてくる。

多喜は目をつぶって、口紅をジャケットのポケットに押し込んだ。固まった。息が詰まった。ちょっと、あなた、ポケットになにを入れたの！　いまにも声が響き渡るのではないか。

十秒、二十秒。なにも起こらない。目をあけ、慎重に左右を探る。こちらを見ている人はいない。ポケットの中の口紅の感触が、掌に刺さってくる。多喜は、思い切り握りしめた。ポケットに手を突っ込んだまま背を丸め、化粧品コーナーを離れた。レジを大きく迂回《うかい》し、売り場を抜ける。似顔絵群の前まで来ると勝手に足が速まり、店の外まで一気に駆け出た。そんなことをすると余計に怪しまれるとわかっていたが、自分を抑えられない。

駐輪場に停《と》めておいた自転車まで来て、やっとポケットから手を出すことができた。その口紅は、黒い円柱形のパッケージに金色の縁取りが施されており、金色で小さく〈リップセレブ〉と日本語で印字されていた。

振り返った。

追ってくる大人はいない。

多喜は、口紅をポケットにもどし、急《せ》かされるようにサドルにまたがり、ペダルを踏んだ。腰をサドルから浮かせたまま、こぎ続けた。ポケットの中の口紅が、こぐたびに揺れた。

黒ずんだブロック塀に囲まれた敷地は、近所の家に比べても広いほうだった。庭にも立派な松の木が一本あるが、手入れはされていない。夏になるとぽたぽたと毛虫が落ちてくるし、地面には枯れた松葉が積もっている。庭の隅には小さな池があるはずだが、いまは雑草に覆い隠されて見えない。二階建ての木造家屋は、屋敷と呼んでもそれほど恥ずかしくない代物だが、とにかく古く、半世紀を超える風雨に晒《さら》された板壁は、色が完全に剝げ落ちていた。

多喜は、物置小屋に自転車を入れた。すでに日は沈み、空が暗くくすみはじめている。庭に面した縁側のカーテン越しに、居間の灯《あか》りとテレビの音声が漏れてくる。多喜は、このまま門を出て逃げたかったが、自分の気持ちを無視して、玄関にまわった。

引き戸に手をかけようとしたときだった。

「ちょっといいかな」

背後から声がして、足が竦んだ。

ゆっくりと門を入ってきたのは、グレーのスーツ姿の男性。ふっくらした頬に、一重の細い目。丁寧に整えられた髪には、過剰なほどの艶がある。顔に笑みが浮かんでいるが、作り物であることは多喜にもわかった。

「このうちの娘さん？」

多喜はジャケットのポケットに手を入れ、口紅を握りしめた。

「違うの？　このうちに住んでるんでしょ？」

店の人だと思った。家まで後をつけてきたのだ。万引きしたことは、最初からばれていたのだ。もう、お終《しま》いだ。

しかしスーツ姿の男性は、思いがけないことを口にした。

「市役所の者なんだけど、お祖父《じい》ちゃん、いるかな？」

多喜は目を見ひらいた。

「お祖父ちゃんに会わせてほしいんだけど」

急に呼吸が苦しくなる。

「ねえ、おじさんにだけ、教えてくれないかなあ。お祖父ちゃん、ほんとは――」

背後の引き戸が開いた。

多喜は、伸びてきた手に腕を掴まれ、家の中に引きずり込まれた。大きな身体が、入れ違いに出ていった。引き戸が勢いよく閉まり、歪みガラスが激しく鳴った。

「あんた、なんなのっ！」

歪みガラスの向こうから、女の太い声が聞こえた。

「私は、市役所の――」

「役所の人間がなんの用？」

「こちら、久野《ひさの》貞蔵《ていぞう》さんのお宅ですよね」

「だったら、なに？」

「貞蔵さんに会わせていただけませんか」

「なんで会わせなきゃいけないわけ？」

男がなにかいったようだが、声が小さくて聞き取れない。

「おじいちゃんはね、人嫌いで、あたしら以外の誰にも会わないの。ほかの人の顔見ただけで暴れちゃうの。だから、絶対に誰にも会わせられないの。わかった？」

「しかしですね――」

「あたしが嘘《うそ》いってるっていうの？　え？　どうなの？　あたしを侮辱する気？」

「いえ、そういうつもりは――」

「だったら帰れ！　すぐに帰れ！　もう二度と来るな！　ほら、帰れよ。帰れ、帰れ！」

「ぼ、暴力はダメですよ、暴力は」

声が遠ざかっていく。男を力ずくで敷地から追い出したらしい。

気配がもどってきた。

引き戸が開いた。

冷たい目が、多喜を見下ろした。金色の髪は、ウェーブをつくりながら肩まで垂れている。目を大きく見せるためか、目元だけが濃すぎるほどメイクされていて、そのアンバランスさは、異常なものを感じさせるのに充分だった。樽《たる》のような身体を包んでいるのは、白地にピンク色のラインの入ったジャージ。まだ真新しい。

女が、顎を一振りした。中に入れ、といっている。

多喜は、靴を脱いで、上がった。背中を、どん、と突かれた。前のめりになりながら、居間に入った。テレビがつけっぱなしになっていた。剝《む》き出しのコタツには、缶ビールとジャンクフード。吸い殻のたまった灰皿と金色の細いライター。けばけばしいデコレーションだらけのケータイ。

女が、座布団の上に胡座《あぐら》をかき、リモコンでテレビの電源を落とした。

「なにぼうっと突っ立ってんのっ」

多喜は、畳の上に正座した。

女が、右手で膝頭を押さえるような格好で、斜《はす》に構える。

多喜は、ポケットの中の口紅を、おそるおそる女に差し出した。

女が、眉間を険しくして、手に取る。ちらと見た次の瞬間。

「この大バカ野郎っ！」

口紅が飛んできた。多喜の胸で跳ね返って、畳に転がる。リップセレブの文字が悲しく光った。

「こんな安物、誰が盗《と》ってこいといった？　あたしがいったのはもっと高いやつ、高級品なのっ！　隣にあっただろ？　赤くて小さい容器のやつが。どうしてそっちにしなかったんだよ！

安っぽい女には安っぽい化粧品がお似合いだって、そう思ったんだろ！」

多喜は懸命に首を横に振る。

「悪かったな、安っぽい女で！」

女が、憎悪に燃えた目で睨《にら》んでくる。まるで、世の中の諸悪の根元が、多喜一人にあるかのように。

「次にまた失敗したら、この家から出ていってもらうからな。わかってんの？」

多喜は、うなずく。

女が、ふんと鼻を鳴らした。

「がっかりさせやがって。きょうは夕食抜きだからな。しっかり反省しろ、この野郎」

女は、そういってタバコをくわえ、火を点《つ》けた。

多喜は、二階の六畳部屋を与えられている。自分の持ち物といえるのは、小学校に上がるときに買ってもらった勉強机と赤いランドセル、最低限の文房具くらい。

その夜、多喜は空腹のまま、布団に入った。部屋にはテレビもラジオもない。スマホもケータイも持たせてもらえない。しんと静まりかえった空間に、テレビの音声と、あの女の馬鹿笑いと、宅配ピザの匂いが、階下から昇ってくる。

（お腹、すいた……）

心のつぶやきは、しかし誰の耳に届くこともなく、灯りを落とした暗い部屋に埋もれていく。

虚《うつ》ろな目を天井に向けていると、ユアモールで見た誰かの母親の似顔絵が、闇に浮かんでは消えた。

3

島本温子が保育士になりたいと思ったのは、高校一年生のときの、職場体験学習がきっかけだ。そのときは乳児院ではなく、保育園だった。体育の授業で使うジャージに、母から借りたエプロンを着け、緊張しつつも子どもたちの前に立つと、自己紹介も終わらないうちに、子どもたちの歓声に取り囲まれた。新しい先生がよほど嬉しかったのか、どの子の顔にも曇りのない笑みが輝いていた。

一日をどうやって乗り切ったか、温子は憶《おぼ》えていない。子どもたちのパワーに振り回されっぱなしで、気がついたら終わっていた。心身ともにくたくただったが、妙に気分が高揚していた。

高校三年生になって進路を決めるとき、自分は将来どんな仕事をしたいのか、真剣に考えた。そこで思い出したのが、職場体験学習で指導してくれた保育士の言葉だ。

〈子どもはいっぱい笑う。笑ったぶんだけ、大人になったときに、つらいことを乗り越える力になる。保育士は、子どもの顔に笑顔を咲かせる仕事なのよ〉

温子の中で、なにかのスイッチが入ったのだろう。自分でも信じられないほどの熱心さで保育士のことを調べ上げ、保育士になるための短大に行きたいと両親に告げた。両親は四年制大学に進んでほしかったようだが、最終的には温子の決断を尊重してくれた。母とは電話でしょっちゅう喧嘩するが、このことは、いまでも感謝している。

乳児院を知ったのは、短大の保育実習のとき。保育園と違って、乳児院の子どもたちには、夕方になっても帰る家がない。乳児院で二十四時間生活しなければならない。しかも、入所児のほとんどは、二歳未満。最年長の子でも、やっと歩いたり言葉を話しはじめたばかりで、まだ赤ん坊といってもいいくらいなのだ。人の一生で、いちばん親に甘えたい、甘えなければならない時期なのに、親は迎えに来てくれない。これほど悲しいことがあるだろうか。子どもが親といっしょに暮らすのを当たり前と思い込んでいた温子は、入所児があまりに可哀想《かわいそう》で涙が出た。自分なら耐えられない。

しかし、当の子どもたちは、それでも明るく笑うのだ。保育士と関わることによって。

〈子どもの顔に笑顔を咲かせる仕事〉

その言葉の重さを、はっきりと肌に感じた。

迷うことなく、乳児院に就職先を求めた。いくつか面接を受けたが、結局、保育実習でも世話になった双葉ハウスに採用された。

子どもを同じ人間と考えてはならない。その先入観のない純粋な目に映る世界は、大人が見る世界とは大きく異なり、独自の意味づけがなされている。子どもは、異文化、異世界の住人なのだ。常識に囚《とら》われた発想では太刀打ちできないし、過去の成功例が別の子にそのまま通用するほど単純でもない。一人一人の個性を見抜き、臨機応変に対応するのみ。そこが乳児保育の難しさであり、面白さでもあった。

この十二年間、温子は無我夢中で、子どもたちと向き合ってきた。マザーとして担当した子も、三十名を超える。担当期間は一年未満がほとんどだが、幸太のように二年近く担当した子も何人かいる。そして最近になり、ようやく周りを見る余裕もできた。だからだろうか。

ふと、虚《むな》しさに襲われるときがある。

「ようやく寝てくれましたね」

寺尾早月が声を潜めた。

照明をしぼった部屋にずらりと並ぶ、柵の付いたベビーベッド。その一つ一つに、生後十二カ月未満のゼロ歳児たちが眠っていた。睡眠時間が安定してくる一歳児は、別の寝室でおやすみ中だ。

「わたしたちも一息いれようか」

夜勤者は、ゼロ歳児のクラスは十五分ごとに、一歳児のクラスは三十分ごとに、見回りをすることになっている。泣いているときは、なにが原因なのかを探り、オムツを替えたり、授乳したりする。抱っこするだけで泣きやむことも少なくない。

保育士室にもどった温子は、いつもはお茶を飲んでいる湯飲みに、インスタントコーヒーの粉をスプーンで入れた。それを見た寺尾早月が、

「島本さん、珍しいっすね」

「あなたもどう?」

「じゃ、あたしも」

ポットのお湯を注ぐと、湯気が立ち昇り、慎ましい香りがふっと鼻先を掠《かす》める。

温子は、冷蔵庫を開けて、取っ手付きの可愛いケーキ箱を取り出し、

「じゃーん」

とテーブルに置いた。

寺尾早月が目を丸くして、

「なんすか、これ」

「夜食用にと思ってね」

「あ、この店、知ってます。有名っすよね!」

温子は、〈シェ・ナカヤマ〉と店名の記された箱を、天辺《てっぺん》から開け広げた。現れたのは、銀色の皿にのった大きなシュークリーム。二つ。

「うわ、でかっ」

温子は、ぱちんと手を合わせた。

「さ、食べよ」

「あたしもいいんすか？」

「一人で食べたって美味《おい》しくないでしょ」

寺尾早月が、にかっと笑って、

「いただきまっす」

と一つを手にした。大きな口をあけてかぶりつく。勢いよくはみ出したクリームが鼻の頭に付く。寺尾早月は子どものような笑顔で、

「んまっ！」

と叫ぶ。

温子も負けじとかぶりついた。上品で深みのあるバニラの香りが、顔をふわりと包み込む。

寺尾早月が、鼻に付いたクリームを指で拭いながら、

「ああ、だからコーヒーを」

「やっぱシュークリームには、お茶よりもコーヒーでしょ」

寺尾早月とは、例の帰り際の一件があったあとも、表面上は変わりなく接していた。二人とも、その程度には大人なのだ。とはいえ、互いに気まずさを感じているのも明らかで、どうにかしなければいけないと温子は思っていた。

ペアを組んで夜勤に入るこの日は、腹を割って話すいい機会だった。そのきっかけにでもなれ

ばと、わざわざ評判のいいケーキ屋に立ち寄り、シュークリームを二人分買ってきたのだ。美味しいものには、強《こわ》ばった心を解きほぐす力がある。

寺尾早月が、急に浮かない顔をした。半分ほど残ったシュークリームを手にしたまま、口の動きを止め、バニラビーンズの入ったクリームを見つめている。

「どうしたの」

「……これ、健一郎にも食べさせてやりたいなあって、つい」

温子には、その気持ちがよくわかる。

「でも、いくら担当児だからって、そこまで特別扱いはダメっすよね」

寺尾早月が、残りを口に入れた。頬をいっぱいに膨らませ、鼻息を荒くして、ゆっくり咀嚼《そしゃく》する。

「そうだね」

温子も平らげ、口の中の甘みをコーヒーで洗い流した。

寺尾早月が、両肘を突っ張らせて手を合わせ、

「ごちそうさまでした！」

「ごちそうさまでした」

温子も真似た。

そして努めて軽い口調で、

「このあいだは、ごめんね」

と続けた。

寺尾早月が、え、という顔をする。

「健一郎くんの件。あなたがいったように、幸太がいなくなって、感情の持っていき場がなくて、あなたに当たってしまった。あなたには、悪いことしちゃったね」

「いえ……そんな……」

「反省してたんだけど、なかなか言いだしにくくって……遅くなっちゃった」

寺尾早月が、恐縮したように首を振る。

「あたしのほうこそ、すみませんでした。ひどいこと、いっちゃって。ほんというと、あれからすごい気になってて、ずっと謝ろうと思ってたんですけど……なんか、言いだしにくくって」

「やっぱり、言いだしにくいよね、こういうのって」

顔を見合わせて、穏やかに笑う。ここ数日間、胸にこびりついて離れなかったわだかまりが解けていく。

寺尾早月が、さっぱりした表情になって、

「島本さん、一つ、聞いていいっすか」

「なに」

「幸太くんと別れるとき、どんな気持ちでした」

温子は、答えようとして、口ごもった。答えたくないのではなく、あのときの自分の気持ちを表現する言葉が見つからない。

「あたし、健一郎と別れるなんて、考えるだけで、たまんなくなるんすよ」

健一郎くんと里親候補の交流は、順調に進んでいる。近々、初めての外泊を試みるらしい。とりあえず一泊で様子を見て、少しずつ延ばしていく。そして、里親側にも、健一郎くんにも、とくに問題がないと判断された時点で、里親委託が決定する。

「きのうだって、健一郎のやつ、西倉さんとあんなに楽しそうに遊びやがって……なんか、面白くないっていうか……」

西倉というのは、健一郎くんの里親候補になっている夫婦だ。

「だから、あたしも、西倉さんに冷たくしちゃってたりするんすよ。自分でも、よくないなって、思うんすけど……」

温子は、手元の湯飲みに視線を落とした。

「わかるよ、その気持ち。それはわたしの子だぞって、叫びたくなるよね」

「あたし、ほんとうに健一郎と別れることになったら、自分がどうなるか、怖いんすよ。いざそのときになって、取り乱しちゃうんじゃないかって……」

温子は、ふっと笑った。

「笑わないでください。あたし、本気なんすから！」

「違うよ。あなたのことを笑ったんじゃない。自分のことを思い出したの」

「……？」

「主任や事務長から、聞いたことない？」

「……なんすか」

「わたしも、初めて担当した子と別れるとき、派手に泣き叫んだのよ」

「マジっすか！」

事実だった。

初めてマザーとなったときの温子も、担当児の母親という役割に没入するあまり、周りが見えなくなった。担当児の里親委託が決まったとき、我が子を奪われるような恐怖と怒りを覚えた。それでもなんとか自分を抑えていたが、担当児がいよいよ引き取られていくというその日、理性もなにも吹き飛び、泣き喚《わめ》いてしまったのだ。

〈返してっ！　わたしの子を返してよっ！〉

里親の車に乗り込んだ担当児を力ずくで奪い返そうとして、双葉ハウスの職員に押しとどめられる始末だった。温子は、その日一日中、泣きとおした。

「意外でした、島本さんのような人が……」

「いまでも慣れることはないな。さすがに、泣き叫ぶことはないけど……心の中ではいつも号泣してる」

寺尾早月が、ゆっくりとうなずく。

「仕方がないよね。主任の言葉じゃないけど、これがわたしたちの仕事なんだから」

「不公平だと思いませんか。だって、健一郎は、あたしのことなんか、すぐに……」

二歳までの記憶は、大人になる前に、完全に消えてしまう。どれだけ愛情を注いでも、その子の記憶には残れない。痕跡一つ残せない。保育士は担当した子のことをいつまでも憶えているのに、子どもはこちらのことなど忘れてしまう。残酷なまでに容赦なく。

「でもね、乳児院で過ごす子にとって、わたしたちとの関係は、その後の人間関係の原型になる。わたしたちが愛してあげれば、あの子たちの中で、自分は愛される存在だっていう自信が生まれる。そうすれば、あの子たちが大きくなったとき、人を愛することができるようになる。人として営んでいける。わたしたちは、このあと何十年と続く、あの子たちの人生の土台を築くお手伝いをしてる。こんなに大切で、神聖な仕事がほかにある？」

そこまでいって、これはかつて自分が先輩からいわれた言葉だと気づく。それをいま、後輩にあたる寺尾早月が神妙な顔で聞いている。

急に照れくさくなった。

「……なぁんて思わないと、やってらんないよ、この仕事は！」

おどけて寺尾早月の肩を叩くと、

「ほんと、そうっすよね」

同感の笑みが返ってくる。

「島本さんが最初に担当した子って、男の子？」

「女の子」

「ああ、そうなんだ」

「なんで？」

「いえ、なんとなく、男の子かなって」

健一郎のことばかり考えているせいではないかと温子は思ったが、口には出さない。

「いま小学生くらい？」

「ここを出ていったのが九年前だから、いま十一歳、小学校の五年生だね」

大きくなったろうな。想像するだけで、胸がじんと温かくなる。

「そのあと会ったことは？」

「一カ月くらいしたときだったかな。一度だけ、里親に連れられて遊びに来たことがあったけど、それっきりね」

寺尾早月の表情が、少し翳《かげ》った。

「いま、どこでどうしているのか、わからないんすか？」

「五歳のときに特別養子縁組の手続きをとって、施設との縁が切れてるから」

里親と里子はあくまで他人だが、特別養子になると戸籍上も完全な親子になれる。

「会いたいと思いませんか」

「そりゃ思うけど、きっと向こうは迷惑するよ」

「どうして」

「本当の親子として生活しているのに、いまさらわたしが出ていってどうなるの。あの子だって憶えてるはずないもん」

「そりゃそうですけど……」

悲しい顔をする。

しかし、こればかりはどうすることもできない。受け入れるしかないのだ。

「その子の名前、憶えてますか？」

「多喜ちゃん」

「タキ？」

「多くの喜びって書いて、多喜。施設の前に置き去りにされてたから、わたしが名前を付けさせてもらった」

「名前まで……」

「幸太のときもそうだったけど、自分が名前を付けた子って、とくに忘れられないんだよね。だから、わたしの中では、いまでもあの子は、わたしの子なの」

「名前か……」

寺尾早月が、沈んだ顔でうつむく。

「……あたし、健一郎のために、なにができるんだろう」

「あなたは、じゅうぶんやってるよ」

温子は、壁時計を見やった。

「そろそろ見回りの時間ね。わたしが見てくるから、休んでなさい。応援が要《い》りそうなときは呼ぶから」

温子が腰を上げると、寺尾早月もさっと立ち上がった。

「いえ、あたしも行きます」

その表情からは、さっきまでの沈鬱が消えていた。

「じゃ、一歳児をお願いね。わたしはゼロ歳児を見てくる」

二人で保育士室を後にした。

温子は、ゼロ歳児の寝室を覗《のぞ》き、一人一人呼吸があることを確認し、顔色を見、発熱の有無をチェックしていく。英作《えいさく》くん、左京《さきょう》くん、久留美《くるみ》ちゃん、千波《ちなみ》ちゃん。みんなよく寝ている。寝顔はみんな天使みたいなんだけどな……と油断していたら、背後で泣き声があがった。生後五カ月の飛鳥《あすか》ちゃん。母親が育児ノイローゼになったために、三週間前に双葉ハウスにやってきた女の子。マザーはベテランの村田公子だ。

「あらら、飛鳥ちゃん、どうしたのかな」

温子はやわらかな声で応え、ベッドから抱き上げる。オムツはまだ濡れていないようだ。

「お腹すいたの?」

そこへ、一歳児クラスの見回りを終えた寺尾早月が現れた。

「飛鳥ちゃん?」

「ミルクみたい。お願いできる?」

「了解っす」

ゼロ歳児には、一人一人に専用の哺乳瓶《ほにゅうびん》がある。寺尾早月が、調乳室でミルクをつくって持ってきてくれた。温子に渡す前に、自分の手の甲に一滴垂らし、

「ＯＫです」

温子は、飛鳥ちゃんを腕に抱いたまま、哺乳瓶を受けとる。乳首を近づけると、飛鳥ちゃんがぱくっとくわえ、元気よく吸いはじめた。

「やっぱり、お腹すいてたんだね。おいしいね」

授乳しながら、声をかける。飛鳥ちゃんが、ミルクを飲みながら、温子の目をじっと見つめてくる。澄んだ瞳に、温子の顔が映る。通じ合っている、と実感できる瞬間。こういうとき温子は、乳児保育の現場でよくいわれる言葉を、いつも思い出すのだった。

赤ちゃんは、ミルクだけを飲んでいるのではない。いっしょに、やさしい気持ちを飲んでいる。


夜勤明けで帰宅すると、午前十時を回っていた。以前ならば、まずゆっくりと入浴して汗を流し、ベッドで三時間も眠れば体力が回復したものだが、三十歳を超えてからはそうもいかない。たいていは、シャワーも浴びずにパジャマに着替え、そのまま布団にもぐり込む。瞼《まぶた》を下ろすと同時に意識が遠のき、夕方までぐっすり眠る。入浴は、そのあとだ。

しかし、この日の温子は、ベッドに入って目をとじても、なかなか寝付けなかった。眠りたいのだが、意識が遠のくどころか、コーヒーを十杯飲んだ後みたいに、神経の奥深いところが覚醒している。

一時間が過ぎたところで、眠ることを諦めた。快眠だけが取り柄だった自分も、ついに不眠に悩まされるようになったのか。年齢的なもの？　ストレス？　しかし、寺尾早月の一件が解決して、むしろ気分的にはスッキリしているはずなのに……。

自分なりに考えていると、原因らしきものに思い当たった。

昨夜、初めて担当した子のことを、久々に言葉にした。あの子が去っていったときの感情が生々しく蘇り、まるで別れを追体験したかのような気持ちになった。それが、まだ尾を引いている。

(多喜ちゃん……か)

どんな女の子に成長しているのだろう。できれば会って話をしてみたいが、現実にはそれは許されない。そもそも、あの子が、自分が養子であることを告知されているのかどうか、わからない。もし告知されておらず、両親の実の子どもだと思っているのなら、迂闊《うかつ》に近づくことは、たいへんなリスクをともなう。なにかの拍子に、本人が出生のことを知ってしまえばどうなるか。いずれは知るにしても、それは第三者の口からではなく、養親の口から告げられるべきなのだ。

(こういうときは……)

シャワーでも浴びるか。そう思ってベッドを下りたとき、目の端にノートパソコンが留まった。

「あ……そうだ」

温子は、浴室には向かわず、短大時代から使っている勉強机の前に座り、パソコンの電源を入れた。

以前、初恋の相手の名前を、何気なくネットで検索してみたところ、思いがけず、とある会社のホームページに辿《たど》り着き、そこの営業課長に納まっていると判明したことがある。顔写真まで見ることができた。もしかしたら、あの子の近況もわかるかもしれない。これなら、あの子を傷つけるリスクはゼロだ。

温子は、自分の思いつきに興奮し、ブラウザが開くのももどかしく、〈樫村多喜〉と入力して検索ボタンを押した。

「あった！」

多くはないが、複数ヒットした。

まさかとは思ったが。

弾む気持ちを抑え、さっそく最初のサイトを見てみる。そこには、さまざまなジャンルのニュース記事がまとめられていた。新聞社や通信社の運営するものではなく、一般の人が個人的な趣味で収集・管理しているものらしい。

〈樫村〉と〈多喜〉の文字は、その無数の記事の一つにあった。

日付は三年前の八月。

○○日午後九時二十分ごろ、××県××市の県道で、ワゴン車がセンターラインをはみ出し、それを避けようとした乗用車が沿道の電柱に激突、大破した。県警によると、現場は片側一車線の対面通行路で、見通しのよい直線。ワゴン車を運転していたのは、××市の無職・長内博重(57)で、事故当時、かなり酒に酔っていたという。

この事故で、乗用車を運転していた会社員・樫村健吾《けんご》さん(47)、後部座席の妻・英代《ひでよ》さん

（42）が死亡。同じく後部座席の長女・多喜ちゃん（8）は病院に搬送されたが意識不明の重体。樫村さん一家は家族旅行の帰りだった。

眠気は吹き飛んでいた。

樫村健吾、英代、多喜。

間違いない。

あの子だ。

あの子の家族だ。

「……意識不明の重体って」

温子は、さらにネットの情報を漁《あさ》った。しかし、ヒットしたサイトすべてを調べたが、どれも事故を報じているものばかりだった。その後の多喜がどうなったのか、怪我《けが》が治って退院したのか、それとも亡くなってしまったのか、どこにも出ていない。

4

樫村多喜が所属する五年二組のクラス担任は、永瀬という三十代半ばの男性教師だ。ボディビルが趣味というだけあって、肩から太腿《ふともも》が生えたような腕をしている。冬でも真っ黒に日焼けし、口元が突き出ているので、児童たちは秘かにゴリナガと呼んでいた。まだ独身だ。

六時限目の授業が終わり、教壇に立つ永瀬が教室を見わたした。手元には、茶封筒の分厚い束。

「ええ、最後に、先日の学力テストの結果を返します。名前を呼ばれた者から、大きな声で返事をして、取りに来るように。まず、浅井孝明《たかあき》――」

出席番号順に名前が読み上げられていく。呼ばれた児童は、はいと返事をして前に出る。成績結果表の入った茶封筒を受けとると、そわそわと席にもどり、さっそく封を切っている。教室がざわつきはじめた。

「樫村多喜」

多喜は無言で席を立ち、前に進み出る。

永瀬が小さな声で、

「さすがだな。この調子で頑張れ」

差し出された茶封筒を、多喜は無気力に一礼して受けとった。

「次、加藤隆人《たかひと》――」

この学力テストは、年に一回、市内のすべての小学校がいっせいに受けるというものだ。答案は返ってこないが、採点結果を表にまとめたものが各自に渡される。

多喜は、着席してから、茶封筒を机の上に置いた。次々に呼ばれる名前を聞き流しながら、封筒に記された自分の名前をぼんやりと見ていると、

「樫村、どうだった？」

隣席の加藤隆人が話しかけてきた。封も切らずに置いてある茶封筒を指さして、

「見ないの？」

加藤隆人は、スポーツ万能で成績も優秀。女の子にも人気があって、当然ながら付き合っている子もいる。現在の相手は一組の綾島澄香《すみか》で、下校時はいつも手を繋いで歩いている。

「見せてよ。おれのも見せるからさ」

ただ、どういうわけか、多喜のことをやたらとライバル視してくる。このときも、自分の成績結果表を強引に押しつけ、多喜のものを机からさっと拾い上げた。勝手に封筒の口を破り、中から成績結果表をつまみ出す。

「樫村も、おれのを見ればいいだろ」

ちらと多喜に目をやってから、四つ折りにしてある紙を広げた。

多喜は、仕方なく、加藤隆人の成績結果表を開く。正答率は、国語が九十五パーセント、算数が九十七パーセント。市内の平均が両教科とも六十パーセントちょっとなので、抜群の成績といっていい。

「なんでだよ……」

一声呻《うめ》いた加藤隆人が、多喜の成績結果表を放って返し、自分のものを多喜の手から奪い取った。

多喜の成績は、国語が九十四パーセント、算数が百パーセントだった。

「塾、行ってないんだろ？」

多喜はうなずく。

「おれ、一年のときからずっと行ってるんだぞ。なのに、なんでおまえに負けるわけ?」

国語は彼のほうが勝っているのだが、算数で負けたことに納得できないらしい。

「静かにっ!」

永瀬の声が響き、教室に満ちていたおしゃべりが止《や》んだ。すべての児童に結果を渡し終えた永瀬が、あらためてテストの講評を始めたが、このクラスの成績は市内平均より悪かったと愚痴をこぼしたと思ったら、でも成績だけがすべてじゃないから云々《うんぬん》と続け、とはいえ結果も重く受け止めなければならないと説き、結局なにがいいたいのか、よくわからないまま終わった。

下校の時間となり、日直の、

「明日も元気に登校しましょう。さようなら」

という掛け声に唱和して解散。児童たちががやがやと騒ぎだす中、永瀬が足早に出ていく。

多喜も、帰り支度をしてランドセルを背負い、一人教室を出た。多喜に話しかけてくる児童はいない。無視されているのでも、いじめの対象にされているのでもない。ただクラスメートの多くは、多喜にどう接すればいいのか、まだわからないでいるのだった。勉強面では対抗意識を燃やす加藤隆人も、普段はほとんど話しかけてこない。

多喜は一階に下り、靴箱を前にしたところで、足が止まった。ほかの児童たちが、多喜の様子を横目に見ながら、追い越していく。続々と靴を履き替え、校舎を出て、陽光の降り注ぐ世界に飛び出していく。ある者は学習塾へ、ある者は水泳やバレエなどの習い事へ、ある者はまっすぐ自宅へ。

しかし多喜は、前に進めない。

（いやだ……）

もう帰りたくない、あの家には。

多喜は、靴箱に背を向け、廊下を保健室へと向かった。

養護教諭は、姫宮という、長い黒髪がとても綺麗な二十代の女性だった。多喜の身体に異変が起きたときも励ましてくれた。

〈困ってることがあったら、いつでもいらっしゃいね〉

姫宮先生なら、きっと助けてくれる。

保健室のドアを開けると、そこにいたのは姫宮一人ではなかった。姫宮の机に両手を突き、顔を覗き込むようにして話しているのは、クラス担任のゴリナガこと永瀬。二人とも笑いながら、楽しそうに語らっている。

保健室の入口で突っ立ったままの多喜に、まず姫宮が気づいた。永瀬も言葉を切って、こちらに目を向ける。一瞬だったが、迷惑そうな顔をした。

「樫村さん、どうしたの」

多喜は、気まずい思いで、姫宮と永瀬を交互に見た。

机から手を離した永瀬が、姫宮に目配せして、

「じゃあ、また後で」

「ええ」

そう応えた姫宮の顔が、妙に生々しい。

永瀬は、多喜とすれ違うとき、

「早く帰れよ」

といって、保健室を後にした。

「きょうはなに。座って」

多喜は、ドアを閉めた。ランドセルを背負ったまま、姫宮の正面の丸椅子に腰かける。

姫宮が、いつものようにメモ用紙とボールペンを用意して、多喜の前に置く。

「永瀬先生とは、今月の保健便りのことを相談してたの。ほら、だいぶ暖かくなってきて、そろそろ食中毒とか心配な季節になってくるでしょ。やっぱり、今月のトピックはこれかなあってね」

聞かれてもいないことを話しだしたが、多喜の暗く沈んだ様子に気づいたらしく、表情を引き締めた。

「ちょっと手を出して」

多喜は、いわれたとおりにした。

姫宮が、多喜の手首を軽く握り、

「痩せたんじゃない？　いまはいちばん食べなきゃいけない時期だから、しっかり栄養とらないと、大人になれないよ」

多喜は、唇を噛んでうつむく。

「食欲、ないの？　それとも悩みごとかな？　まさか、ダイエットしてるわけじゃないよね。あ、もしかして、初潮があった？」

首を横に振り続ける。

姫宮が、小さくため息を漏らした。

「首振ってるだけじゃあ、先生たちにもわからないよ。……今回のことだって、精神的なものだっていわれてるけど、樫村さん、なにも教えてくれないから……カウンセリングには行ってるんでしょ？」

多喜は顔を上げ、じっと見つめる。

姫宮が、眉を険しくした。

「行ってないの？　どうして？　こういうことって、やっぱり、専門家に診てもらったほうが、早く良くなると思うよ」

声を落として、

「もしかして……おうちの人が、行かせてくれないの？」

涙が込み上げてきた。

先生、助けてください。わたしを助けてください。あの家から、あの女から、救い出してください……。


〈しゃべったら殺すぞ〉

両手で顔を覆った。

身体ががたがたと震えた。

「どうしたの？　樫村さん」

姫宮が驚いている。

「いま、なにか話そうとしたんじゃないの？　話せるの？」

多喜は反応できない。

身体がいうことを聞かない。

拒絶している。

姫宮がメモを差し出した。

「話さなくてもいいから、書いてみて。さあ」

姫宮が待っている。

多喜は、ボールペンを取った。

メモ用紙。

書いた。

〈なんでもないです〉

ボールペンを置いて立ち上がる。

「樫村さん！」

保健室を飛び出した。

5

「あれ、島本さん、帰ったんじゃなかったの？」

「ちょっと調べたいことがあるので、書庫の鍵を貸してもらえますか」

「いいけど……なに、急に」

野木事務長が、戸惑いながら、鍵を渡してくれた。温子は、礼もそこそこに奥のスチール書庫に向かい、鍵穴に差し込んで回す。開ける。ずらりと並んだケースファイルから多喜のものを取り出し、来客用のソファに陣取って広げた。

最後のページ。そこに貼り付けられた一枚の写真に、目が吸い寄せられる。里親に引き取られていく当日に撮ったものだ。二歳の多喜が無邪気に笑っている。しかし、多喜を抱っこする温子の笑顔は、いまにも粉々になりそうだった。

「ああ、多喜ちゃんだね」

野木事務長が覗き込んでいた。

「憶えてますか」

「忘れるわけないよ。だって、お別れのとき、島本さんたらさ——」

「ネットで調べてたまたまわかったんですけど、多喜ちゃんの養親になったご夫婦、交通事故で亡くなったそうです。三年も前に」

野木事務長が絶句した。

「多喜ちゃんも、意識不明の重体で……でも、その後どうなったのか、全然わからないんです。だから」

温子は、ファイルに目をもどし、ページを捲って樫村夫妻の住所を探した。どこかに書きとめてあったはず……。

見つけた。

住居はマンションらしい。電話番号も記してある。温子は、ケータイを開いて、その番号にかけた。発信ボタンを押す瞬間、もし相手が出たらなんと名乗ればいいのだろう、と迷いが過《よ》ぎった。

心配は不要だった。案の定、この番号は現在は使われていないとのメッセージが聞こえてきた。

温子はケータイを閉じる。

「通じないの?」

「……ええ」

「親戚にでも引き取られたんじゃないのかな。まあ、生きていればの話だけど」

温子は、目を上げて睨んだ。

野木事務長が、失言に気づいたらしく、

「もちろん、生きていると信じたいけどね」

あわてて付け加えてから、

「親戚の住所はわかるの？」

「いえ……」

親戚のところにいるのなら、捜し出すのは難しくなる。とにかく、生きていることだけでも確認したいのだが……。

「引き取り手がいなければ、児童養護施設ってことになるけど、児相は把握してるのかな」

「あとで問い合わせてみます」

温子は、メモ代わりに、ケータイのカメラでマンションの住所を接写した。いまも多喜がここに住んでいるとは思えないが、隣人に話を聞くことはできるかもしれない。

「どうするの」

「とりあえず行ってみます、このマンションに」

立ち上がってファイルを書庫にもどし、施錠して鍵を返す。

「いまから？　あなた、夜勤明けでしょ」

「寝てられませんよ、こんなこと知った以上」

「それはそうでしょうけど……」

野木事務長が、腕組みをする。やけに真剣な表情になり、

「島本さん、一つ、確かめておきたいんだけど」

「なんでしょうか」

「もし多喜ちゃんの居所がわかったら、どうするつもり？」

「それは……」

「島本さんは多喜ちゃんのマザーだった。でも、手を離れて何年も経《た》っているんです。安易に接触することは――」

「もちろん、わかってます」

「だったら――」

「わたしは、多喜ちゃんが幸せでいてくれたら、それでいいんです。会って話をしようとは考えていません」

「幸せとはいえない状況だったら？」

「え……」

「両親を一度に亡くしたんでしょ。どこで生活しているにしても、寂しい思いをしているんじゃないかな。多喜ちゃんの寂しそうな背中を見ても、言葉をかけないでいられる自信、ありますか」

「なにを、おっしゃりたいんですか……」

「いまの島本さんは、冷静さを失っているように見えます。このまま突っ走ったら、とても危険な気がする」

「…………」

「よく考えてください。もし多喜ちゃんが、亡くなった両親を実の親だと思っていたら、島本さんの存在は、多喜ちゃんの世界観を根底からひっくり返すことになる。頭を混乱させるばかりか、心に深刻なダメージを与えかねないんですよ。こういう問題は非常にデリケートです。慎重に進めないと――」

「わかってますよ、そんなこと！」

温子は思わず叫んだが、すぐに一つ深呼吸して、笑みをつくった。

「すみません、大きな声を出して。でも、わたし、事務長が思っているよりも、成長してますよ。あのときとは違います」

野木事務長が、口元を引き結んで唸《うな》る。

「心配しないでください。節度は弁《わきま》えていますから。失礼します」

温子が事務室を出ていこうとすると、

「ちょっと待って」

野木事務長が、やれやれとため息を吐《つ》きながら、デスクの深底引き出しから缶コーヒーを一本取った。

「これ、持っていきなさい」

「でもそれ……事務長が自分用にって」

温子が遠慮がちにいうと、冗談めかした口調で、

「居眠り運転で事故なんか起こされちゃたまんないからね。気休めかもしれないけど」

温子は、素直に受けとった。

「ありがたく、ちょうだいします」

「くれぐれも安全運転でね」

「はい！」

デミオにもどった温子は、もらった缶コーヒーを一気に飲み干した。ほどよい苦みが脳細胞を目覚めさせ、そこに控え目な甘みが染みわたっていく。

温子は、エンジンをかけ、さっき撮影した画像からマンションの住所を読みとり、カーナビに入力する。

「よし」

デミオを発進させた。


金属板に刻まれたマンション名は、カーム・ヴィレッジ坂田。二歳を迎えたばかりの多喜が、養親の家庭に入り、新しい生活をはじめた場所だ。

建物はオートロック式ではなかった。エントランスを入ったところに、小さなダイヤルの付いた郵便受けが並んでいる。一つ一つに住人の姓を記した札が塡《は》め込んである。多喜が住んでいたはずの三〇二号室の部屋主は〈佐藤〉となっていた。ほかの郵便受けにも〈樫村〉の文字はない。

予想していたことではある。そもそも樫村夫妻が、多喜を迎え入れた後もこの賃貸マンションに住み続けたとは限らない。家族が増えれば、それに相応《ふさわ》しい住居を求めるものだ。温子も、ここで多喜の消息を摑めるとは期待していない。それでも万が一ということがある。温子はエレベーターで三階に上がり、三〇二号室のチャイムを鳴らした。

反応はなかった。

三〇一号室のインターホンのボタンも押した。隣人ならば多少の付き合いはあったのではないか。が、こちらも反応なし。

三〇三号室も同様だったが、耳を澄ますと、微《かす》かにテレビの音声が漏れ聞こえた。誰かいるらしいが、応対してくれる様子はない。温子は、三回鳴らしたところで、諦めた。

念のためと思い、残りの三〇四号室から三〇六号室も確かめたが、結果は変わらず。

温子は、最後にもう一度三〇三号室の前に立ち、チャイムを鳴らした。このフロアで、住人が在宅していそうな部屋は、ここだけだ。

「すみません。三〇二号室にいた樫村さんのことで、お伺いしたいことがあります。どなたか、いらっしゃいませんか」

ドアに向かって声を張り上げたが、やはり無反応。テレビの音声はまだ聞こえる。派手な爆発音に勇ましい音楽が重なっているところから察するに、ハリウッド映画でも観ているのか。

「小さな女の子がいたと思うんですけど、その子がいまどこにいるか、ご存じありませんか」

いきなりドアが開いた。ドアチェーンは掛かっている。その隙間から顔をのぞかせたのは、茶色の短い髪を逆立てた若い男だった。一重の目を眇《すが》めて、威嚇《いかく》するように睨《ね》めつけてくる。

「誰、あんた？　探偵？」

「いえ……乳児院の保育士です」

「はあ？」

「以前、隣の三〇二号室にいた、樫村さんという方を、ご存じありませんか」

「樫村……？」

男が、目元を顰《しか》めた。

しかし、温子の全身にさっと視線を走らせたと思ったら、険を解いて、

「ああ、樫村さんね」

「ご存じなのですか！」

「小さな女の子がいた家でしょ？」

「そうです！　その女の子がいまどこにいるのか、捜しているんです。そのことは？」

「どうだったかなあ……聞いたような気もするけど……」

「親戚か、あるいは施設か、どちらかだと思うんですが」

「ああ、そういえば……」

「わかりますか」

「うん、思い出したけど……」

男が、口の端を持ち上げた。

「教えたら、金、くれるの？」

温子は、返答に詰まった。

「情報ってのはタダじゃないんだよ、お姉さん」

「あの……失礼ですけど、こちらのマンションには、いつからお住まいに？」

「二年前かな」

ならば、樫村夫妻と接点はないはず。

「いや、やっぱりお金はいい。いらないよ」

とつぜんドアが閉まった。かちゃりと音がして、こんどは大きく開く。ドアチェーンが外されている。

「部屋に入んなよ。知りたいこと、なんでも教えてあげるからさ」

男が腕を取ろうとしたので、温子は反射的に身を引いた。

男が、にやにやとして、

「なんで？　お金はもういらないっていったじゃん。遠慮しなくていいから。それとも、女の子のこと、知りたくないの？」

「樫村さんは、二年前にはもう、ここには住んでらっしゃいませんでした。あなたは、嘘をついてますね」

男が歯を剝いた。

「そんなこと、どうでもいいじゃん。ねえ、遊んでいきなよ。いいもの、あるよ。いっしょに楽しもうって」

また手を伸ばしてくる。

温子は逃げた。背後でけたたましい哄笑《こうしょう》が上がった。非常階段を駆け下りた。路上に停めたデミオに飛び込み、ロックした。乱れた呼吸を整えながらマンションを窺《うかが》った。

（からかわれたのか……）

温子はハンドルに突っ伏した。悔し涙が出てきた。

結局わかったのは、ここに多喜は住んでいないということだけ。覚悟していたことではあるが……。

（……こんなことをして、意味はあるんだろうか）

樫村夫妻が事故死したのは、三年も前の話。いまさら多喜の消息を知ったところで、なんになるのか。幸せに暮らしていることがわかれば、なるほど、自分の気は済むだろう。だが、野木事務長が指摘したように、たとえ多喜が生きていても、幸福とは程遠い状態にあったら？　迂闊に近づくことすら許されない自分に、なにができるというのか。もどかしい思いをするだけではないのか。それならいっそ、最初からなにも知らないほうが……。

（……でも、あの子が、ほんとうに、誰かの助けを必要としていたら）

温子は、ハンドルから体を起こし、ケータイを開いた。

うじうじと悩んでいても仕方がない。まずは事実を知ること。考えるのは、そのあとだ。マンションを管理する不動産屋に問い合わせたところで、個人情報をおいそれと出してもらえるわけもないが、もし多喜が児童養護施設に入っているのなら、管轄の児童相談所が把握しているはず。

相談課と表示のある部屋には、電話の呼び出し音がひっきりなしに鳴っていた。職員らしき男女数名が電話口で応対しているが、とても人手が足りているとは思えない。

しかし、どこか張りつめた空気とは対照的に、電話で話している職員たちの口調は穏やかで、笑みさえ見せている。気軽な雑談でもしているのかと思わせるほど。

「――じゃあ、待ってますからね、うん」

受話器をもどした男性職員が、それまでの笑顔から一転、険しい表情を浮かべた。手元のメモにすばやくなにかを書き付ける。目を上げて温子の姿を認めると、ふたたび鮮やかに笑みをつくった。立ち上がって、足取りも軽くやってくる。

「どうされました。ご相談ですか」

響きの柔らかい声だ。しかし温子が、

「さきほど電話でお話しした、双葉ハウスの島本です」

と告げると、和やかな雰囲気を一瞬で消し去り、

「……ああ、ほんとに来ちゃったんですか」

ぶっきらぼうな声に変わった。

どう見てもまだ二十代の、せいぜい後半。細身だが、ひ弱という感じはない。

「目が真っ赤で一睡もしてないような顔してるから、よっぽど深刻な相談なのかと構えちゃいましたよ」

「深刻です。それに夜勤明けなので、一睡もしてないのも事実です」

男性職員が口ごもってから、

「それは……ごくろうさまです」

申し訳程度に頭を下げた。

温子は、デミオから児童相談所に電話をかけたが、ただ消息を知りたいというだけではまともに相手もしてもらえなかった。だから直談判しようと、ここまでやってきたのだ。

「双葉ハウスでしたよね」

応対してくれた男性職員が、事務所をざっと見わたして、

「担当者は篠崎なんですけど、彼女はいまちょっと電話中みたいで……」

その視線の先では、先日、幸太の見送りの際にも見かけた女性が、受話器を耳に当て、しきりにうなずいていた。

「長くなりそうですか」

「さあ、一時間前からあの調子ですからね、あと一時間くらいかかるかも」

「一時間……」

男性職員が温子に目をもどし、

「出直しますか」

「いえ、待たせていただきます」

温子が躊躇《ちゅうちょ》なく答えると、男性職員が鼻息を吐いて時計を見やった。

「しょうがないなあ。じゃあ、僕がお話だけでも伺いましょうか。三時から出かけなければならないので、それまでで良ければ、ですけど。内容は、あとで篠崎に伝えておきます」

異存はない。

右手の廊下に、いくつもの部屋が並んでいた。案内されたのは、いちばん奥の部屋。ドアには〈面接室1〉と刻まれている。

テーブルを挟んで向かい合い、あらためて名刺を交換した。社会資源のネットワークを築くためには、保育士といえども名刺は必須だ。男性職員の名は、近藤和人《かずひと》。肩書きは児童福祉司となっていた。

温子は、多喜のことをかいつまんで説明して、無事であることを確認したいのだと訴えた。

「児相なら、多喜ちゃんの消息を把握しているのではないかと思いましたので」

「特別養子縁組が成立して、里親委託が解除になってる。しかも六年も前でしょ。無理だと思うなあ。当時の担当者はわかりますか」

「宮田さんという方でした」

「宮田……僕がここに来たときは、そんな人はいなかったと思いますねえ。異動になったか、辞められたか」

「近藤さんがこちらにいらしたのは?」

「五年前です」

「これまでに、樫村多喜という女の子のケースは、こちらでは扱っていないと?」

「少なくとも、ケース会議にかけられた記憶はないですね。養親が二人とも事故死するなんて、そうそうないですからね。会議で取り上げられれば、印象に残っていると思いますけど……」

「ほかの児相が扱っているということは？」

「その子の里親委託を担当したのは、うちなんでしょ。だったら、たとえほかの児相が関わっていても、うちに一報あるとは思うんですけどね」

「……そうですか」

「それに、あなたの行ってきたマンションがある住所も、うちの管轄に入ります。三年前までそのマンションで暮らしていたのなら、やはりうちが扱っているはずです」

ということは、多喜が児童養護施設に入っている可能性は低いのか。やはり、親戚に引き取られた？　しかし、そうなると、捜しようがない。温子が思わずこぼすと、

「そんなことはないですよ」

近藤和人があっさりといった。

「住民票か、それがダメなら戸籍の附票で」

「可能なんですか」

「誰がその子を引き取ったにしろ、まともな大人なら住民票を移しているでしょう。ちゃんと手続きをとらないと、小学校も行けませんからね。転出していても、五年間は除票として保存されますから、それを見れば……」

事故のあったのが三年前。それまであのマンションで暮らしていたのなら、除票はまだ保存されているはず。

「でも赤の他人、法律上は、ですが、赤の他人のあなたが役所の窓口で申請しても、まず発行し

てもらえませんよ。最近は個人情報の保護がうるさくいわれていて、役所も神経質になってますからね」

「でも、児相が動けば……」

「ううん、まあ、失踪した親を捜すのに使うことはありますけど……」

「やっていただけませんか」

近藤和人は、いかにも気がなさそうに、

「このケースって、具体的に虐待されているとか、そういうことじゃないですよね。うちも探偵社じゃないんでね。税金を使っているわけですから、個人的な事情で動くのは、どうも――」

温子は危うくテーブルを叩きそうになった。

「あなた方が里親委託をまとめた子どものことなんですよ！　その子をフォローするためじゃないですか！」

「ぶっちゃけていいますけど、うちも忙しいんですよ。ほんとに忙しい。職員一人で三十件以上のケースを抱えてるんですからね。いちいち感情移入していたら、身も心も持たない。きょうだってこれから、職権による一時保護に行かなきゃいけないんです。虐待を受けている六歳の子どもを、父親から力ずくで引き離すんです」

「みなさんが身体を張って子どもたちのために頑張ってらっしゃることはわかってるつもりです。でも、この多喜ちゃんだって、実の親の顔も知らず、せっかく巡り会えた養親にも死なれ、いま、どこでなにをしているかもわからない状態なんです。まだ十一歳なんですよ。居場所だけでも調べてくださいませんか。どうか、お願いします」

温子は頭を深く下げた。

「ちょっと……頭を上げてくださいよ」

近藤和人が困った顔をしていた。

「一つ、聞いていいですか?」

「……はい」

「九年も前に手を離れた子を、どうしてそこまで気にするんです?」

「生後間もないときから担当したんです。我が子同然に見守ってきた子なんです」

「そういう子、一人じゃないんでしょ」

「何人もいます」

「よく燃え尽きませんね」

「これが、わたしの仕事ですから」

近藤和人が、温子を静かに見つめてきた。

瞬《まばた》きを、二回、三回。

「わかりましたよ。じゃあ、調べるのは住所だけでいいですね?」

温子は思わず表情が弛《ゆる》んだ。

「ありがとうございます!」

「でも、過度な期待はしないでくださいよ。五年以上前に引っ越してたら、除票も残ってないでしょうから」

「わかってます」

「まったく……」

近藤和人がゆっくりと首を振り、親しみの込められた笑いを漏らす。

「大変ですね、乳児院の保育士さんも」

6

玄関は施錠してあった。

樫村多喜は、普段から持ち歩いている鍵を使って家に入った。居間を覗いたが、あの女はいない。しかし、あの女の気配が家の空気を隅々まで汚染していて、多喜の神経は休まらなかった。

二階の自室に上がり、勉強机にランドセルを下ろす。時間割を見て教科書を入れ替え、ペンケースの鉛筆をすべて削る。宿題で出された算数のプリントを難なく解き終えてから、学力テストの成績結果表を広げた。

去年の学力テストでは、両教科とも正答率百パーセント、満点をマークした。帰宅して祖父に見せたら、大喜びしてくれた。涙さえ浮かべ、多喜を抱きしめ、頭をごしごしと撫でてくれた。

〈多喜、おまえはすごい子だ。世界一だっ！〉

でも、その祖父は、もういない。

多喜は、成績結果表を、真ん中から二つに破った。くしゃくしゃにして、ゴミ箱の底に叩きつけた。

両親は、三年前の交通事故で死んだ。といっても、実の親ではない。子どもに恵まれなかったので、乳児院にいた多喜を養子として引き取り、育ててくれたのだ。多喜はそのことを、両親の口から聞かされていた。ショックではあったが、心のどこかでうすうす感じていたことでもあった。家族のアルバムに、自分が赤ん坊だったころの写真が一枚もなかったからだ。それでも、愛されているという実感はあった。だから、

〈血は繋がっていなくても、わたしたちは家族だよ〉

という母の言葉に納得もできた。これからも家族としてやっていこうと素直に思えた。

しかし、真実を告知されて初めての家族旅行で、再出発の記念となるべきあの旅行で、事故が起きた。

多喜が病院で気がついたときには、すでに両親とも亡くなっていた。どうして自分をひとりぼっちにしたのか、どうしていっしょに連れていってくれなかったのかと恨んだ。

そんな多喜を懸命に励ましてくれたのが、母方の祖父である久野貞蔵だった。それまでも貞蔵は、多喜のことを本当の孫のように可愛がっていた。入院中も、毎日見舞いに来てくれた。

怪我から快復する目処《めど》がついて、退院後の多喜の行き先が問題になった。病院側の勧めで、ソーシャルワーカー立ち会いの下、親族会議が開かれた。父方の祖父母はすでに亡く、ほかの親戚たちも、家族の反対を理由に、多喜の引き取りを渋った。唯一手を挙げたのが、貞蔵だった。

退院した多喜は、両親と住んでいたマンションを引き払い、学校も替わり、この家で貞蔵と暮らしはじめた。ただし、姓は〈樫村〉のままにしてもらった。物心ついたときから慣れ親しんだ名字でもあり、両親との最後の絆《きずな》のような気がしたからだ。

貞蔵はずっと一人暮らしだったが、家事も器用にこなし、家の中は小ぎれいに整えられていた。多喜は、炊事、洗濯、掃除など、いろいろと教えてもらいながら、一から新しい生活をはじめた。できることが増えるたびに、一歩前に進めたような気がした。祖父との穏やかな生活の中で、多喜は少しずつ立ち直っていった。

そこに現れたのが、あの女だ。

多喜が学校から帰宅すると、いつもなら祖父がいるはずの居間に、見知らぬ女が、だらしなく寝そべってテレビを観ていた。長い髪は金色。ショッキングピンクに黒い縞《しま》模様の入ったチュニック。黒のレギンス。樽のように膨らんだ腹部を、飾り立てた爪でぼりぼりと搔《か》いていた。

女は、多喜にちらと視線を向けたが、興味なげにテレビにもどした。多喜は、事情がわからず突っ立っていたが、女がいつまでも多喜を無視し続けるので、勇気を出していった。

〈あの……どちらさまですか〉

女が、きっと多喜を睨みつけ、身体を起こした。多喜は、思わず後じさった。

〈あんたこそ、誰?〉

擦り切れた掠《かす》れ声だった。

〈……おじいちゃんとここで暮らしてる、多喜っていいます〉

〈へえ……あんたがあの、赤ん坊のときに親に捨てられたって子？〉

悪意をなすりつけるような言い方だった。

〈あたしはこの家で生まれ育ったんだ。ここはあたしの家なの〉

祖父が帰ってきた。かかりつけの医院に薬をもらいに行っていたのだ。女を見ると、

〈浪江《なみえ》……〉

といったきり表情を強ばらせた。それでも多喜に、女のことを説明してくれた。

女は、祖父の娘であり、母の妹、つまり多喜にとっては叔母に当たる存在だった。名は久野浪江。

叔母がどこでなにをして暮らしていたのか、多喜は知らなかったし、なぜいまになって現れたのかもわからない。

それは、祖父も同様らしかった。自分の娘なのに、目を合わせることすら避けている様子だった。

〈それにしても……どうしたんだ、急に〉

表面を取り繕うような祖父の問いにも、しかし女は答えず、

〈あたし、きょうからここで暮らすことにしたから〉

と一方的に宣言をするだけで、会話を打ち切った。

その日から、祖父との穏やかな日常は、久野浪江の顔色を窺いながらの、息の詰まるような生活に一変した。

久野浪江は、料理も洗濯も、なにひとつしなかった。家事はすべて祖父と多喜にやらせた。仕事もせず、一日中テレビを観ているかと思ったら、ぷいと外に出かけ、二、三日帰ってこないこともあった。気に入らないことがあると、相手が多喜だろうと祖父だろうと、脳天を突き破るような声で罵《ののし》った。しかし、なぜか祖父は、反論も弁解もしないで、娘から受ける仕打ちに耐えていた。ときどきお金も渡しているらしかった。

ある夜、見ているとむかつくという理由だけで、浪江がビールの入ったグラスを祖父に投げつけ、割れた破片が祖父の額に刺さってひどく出血した。このときは多喜も我慢できなくなり、どうしてそんなことをするのかと抗議した。浪江は多喜を睨み返し、タオルを真っ赤に染めている祖父に指を突きつけた。

〈あたしがこんな風になったのも、ぜんぶこの男のせいなんだよ！〉

祖父が死んだのは、昨年の十一月の、冷え込みの厳しい夜だ。

風呂を沸かすのは多喜の役割で、浪江が最初に入り、次いで多喜、祖父という順番になっていた。しかし、最後に風呂に入った祖父が、その日に限ってなかなか出てこなかった。もともと高血圧の持病があって、薬を手放せない祖父だ。心配になった多喜が、浴室のドア越しに声をかけたが、返事もない。おかしいと感じて中を覗くと、祖父は鼻のあたりまで湯に沈み、目をあけたまま、ぐったりとしていた。

多喜は悲鳴をあげた。湯から引き上げようとしたが、子ども一人の力では無理だった。居間に走り、テレビを観ていた浪江に知らせた。さすがの浪江も、青くなって浴室に駆けつけた。しかし、湯に沈んだままの祖父を前にしても、暗い目で見ているだけだった。

多喜は、ずぶ濡れになるのも構わず、祖父を湯から出そうとした。が、重くてどうにもならない。それでも浪江は手を貸そうとしない。多喜は泣き叫んだ。

〈早く助けてあげてよ！　おじいちゃん、死んじゃうよっ！〉

浪江は、硬い声で、一言だけ口にした。

〈もう死んでる〉

多喜は、身体から力が抜け、冷たい洗い場に座り込んだ。全身が異様なほど震え、歯ががちがちと鳴った。

あの女は、ゆっくりと浴室を立ち去った。居間のほうから、話し声が聞こえてきた。ケータイをかけているようだった。救急車を呼んでいるのだと多喜は思った。

しかし、十五分ほどして現れたのは、救急隊員ではなく、多喜の知らない男だった。硬そうな短めの髪に、脂ぎった浅黒い肌。きょろきょろと落ち着きなく動く目には光がない。その男が、浴室に座り込んだままの多喜を見下ろし、頬を歪めて笑った。

〈この子か、例の養子って……〉

声を聞いた瞬間、ぞっとした。

〈おら、どけよ。邪魔だ〉

〈邪魔だっつってんだろ！〉

浪江が、多喜の腕を摑み、浴室から引きずり出した。多喜は、なされるがままになり、廊下にうずくまった。

〈そんなところにいると邪魔だっつうの。二階に行ってろ！〉

多喜は、ふらふらと立ち上がり、階段に向かった。しかし、二階まで身体を押し上げる気力はなく、上り口に座り込んだだけで、肩を抱いた。震えが止まらない。

〈おい、毛布を持ってこい。それと、ロープ〉

〈荷造りヒモでいい？〉

〈ハサミもな〉

叔母と男の話し声に続いて、湯がタイルを打つ音が聞こえてきた。祖父の身体を湯船から引き上げているのだ。

多喜は、目をつぶり、手で耳を塞いだ。いま、この家でなにが起こっているのか、知りたくなかった。悪夢ならすぐに醒《さ》めてほしい。

耳を塞いでいた手が、力ずくで引きはがされた。多喜は、ひっと声を漏らした。すぐ横に浪江の顔があった。

〈いいか。じいさんが死んだことは、絶対に人にいうなよ〉

〈……どうして〉

世界ががくんと揺れて、目の前が暗くなった。光がもどると同時に、左頬が熱を帯びはじめる。殴られたのだと気づいた。生まれて初めて。

〈口答えするんじゃない。いわれたことを守ればいいの。わかった？〉

答えるのを躊躇っていたら、また殴られた。

〈わかったかって聞いてるの！〉

多喜はうなずいた。なにも考えずに、うなずいた。

男が浴室から出てきた。

毛布の上から荷造りヒモでぐるぐる巻きにされたものを、両腕で抱えている。端からのぞいているのは、人間の足。ぽたぽたと水を滴《したた》らせ、廊下を濡らしていた。

〈玄関を開けてくれ。灯りは点けるなよ〉

浪江が、玄関の引き戸を開けた。

祖父の遺体を抱えた男が、多喜の真横で止まった。祖父の蠟《ろう》のような足が、目の前にあった。

多喜は、悲鳴を吸い込んだ。

〈その子のことなら、任せておいて。ちゃんと言い聞かせておくから〉

と浪江。

男が、光のない目を多喜に向けて、

〈しゃべったら殺すぞ〉

低い声でいった。

遺体を抱えたまま玄関を出て、庭のほうへ向かう。浪江も後を追う。

車のドアを開閉する音が響いた。

〈頼むね〉

〈一つ貸しだぞ〉

エンジンの音がした。庭から、ワンボックスカーが、バックしてきた。バックのままゆっくりと門を出ていく。通りに完全に出てからヘッドライトを灯《とも》し、排気ガスを残して走り去った。それを見送った浪江が、もどってきた。なにもいわずに玄関の引き戸を閉め、施錠し、多喜を振り返る。

その夜から、多喜は声が出なくなった。

7

「島本さん……ちょっと」

準夜勤組への引き継ぎを終え、保育士室で養育日誌を書いていた温子に、野木事務長が深刻な声をかけてきた。

「施設長が呼んでます」

「げっ」

同じく養育日誌を書いていた寺尾早月が声をあげれば、主任の村田公子と保育士歴十四年の山内友恵《ともえ》も顔を見合わせる。

「あら、なんでしょうねえ」

温子は、ことさら明るく応え、養育日誌を閉じて腰を上げた。

廊下に出て施設長室に向かう途中、

「多喜ちゃんのことらしいよ」

野木事務長が耳打ちしてくれた。

「児相から連絡が入ったって」

温子は思わず足を止めた。

「多喜ちゃんの消息、わかったんですか」

「ちょっと、そこまでは……。でも施設長、ご立腹みたいだよ」

「どうして」

野木事務長が肩をすくめる。

「さあ……本人に聞いてみたら？」

双葉ハウスの運営主体である社会福祉法人・松葉会は、ほかにも老人福祉施設や病院、診療所などを手広く経営している。現在の施設長・三浦泉美《いずみ》は、双葉ハウスに着任してまだ一年足らずの五十三歳。女性のような名前だが、酒ヤケで鼻の頭の赤らんだ、メタボが心配な体形のオジサンだ。野木事務長がしょっちゅう事務室から出てきて乳児たちと遊んだり保育士の補助をしてくれるのとは対照的に、普段は施設長室に籠もりきりで、一度も顔を合わさない日も珍しくない。双葉ハウスへの異動が不本意なものだったのでふて腐れているのではないか、とは主任・村田公子の説。たしかにミーティングの席などでも、仕切っているのはもっぱら野木事務長で、たいてい三浦施設長はむすっと黙りこくっているだけだ。温子がノックをして施設長室に入り、デスクの前に立ったときも、まさにそんな顔をしていた。

「児相の近藤って職員、知ってる？」

「……はい」

「九年も前にここを出ていった子の住所を調べさせたんだって？」

温子は身を乗り出した。

「わかったんですか。多喜ちゃんの居所」

三浦施設長が不機嫌きわまりない顔つきになり、一語一語を強調するように声を張り上げて、

「ぼくは、この件、聞いてないんだけどね」

「あ……申し訳ありません」

「君ね、なんの権限があって、勝手に児相に話を持っていくわけ？　なんのために、ぼくがここに座ってると思ってんの？　え？　ここのトップはぼくなんだから、対外的な活動をするときは、ぼくを通してくれなきゃ。わかる？　組織には秩序ってものが必要なのよ」

「あの、それで、多喜ちゃんは無事なんですか」

三浦施設長の頰が、ひくひくと震えた。

「君、本気で反省してる？」

「してます。もちろんです。それで多喜ちゃんは？」

三浦施設長が忌々しげに息を吐き、どこか遠くに目を向けた。

「ぼかぁね、自分なりに一生懸命、尽くしてきたつもりなんだよ。三十年だよ、三十年。なのに

さ、なんで、こういう仕打ちを受けなきゃいけないのかなあ」

いっている意味がわからないので、応えようがない。時間ももったいない。

「あの、それで、多喜ちゃんは？」

三浦施設長が、キッと睨んだ。

温子は、びくっと身を引く。

「わたし、なにかお気に障るようなことでも？」

おずおずと尋ねると、諦めたように大きく肩を落とし、まるきりの他人事《ひとごと》口調で、

「現住所はわかったみたいだけど」

「住民票が異動していたと？」

「ああ……そんなことも、いってた」

ということは、少なくとも多喜はあの事故で死んではいなかったのだ。

「よかったぁっ！」

温子は、胸を撫で下ろした。

「もう、亡くなってたらどうしようかと――」

三浦施設長の瞳が怒りに燃えている。

温子は、両手を前に揃え、しおらしい態度を繕った。

「……すみません」

「今後は、いっさい、勝手な真似は慎むように。今回は、厳重注意処分とします」

「あの……」

「まだ、なにか?」

「いま、多喜ちゃんは、どこに……」

「そんなこと聞いてどうするの」

「………」

「親戚に引き取られているそうだから、なにも心配することはないでしょう。とにかく、この件は終わりにしてください。現在入所している乳児たちを最優先して、くれぐれも事故だけはないように」

温子は、ぐっと顎を引いた。

「わたしは、乳児院の仕事を疎《おろそ》かにしたことはありません」

「当たり前ですっ! だいたい君は、ぼくのいうこともろくに聞かないで、いちいちつまらないことで――」

施設長のねちねちとした嫌みから解放されたのは二十分後。ストレス性の頭痛を覚えながら事務室を覗くと、まだ野木事務長が残業をしていた。

「どうでした」

「多喜ちゃん、親戚に引き取られていたようです」

安堵《あんど》の笑みを浮かべて、

「生きてたんだ。よかったね」

「ええ……」

「気が済みましたか」

「まあ……なんとか」

「会いに行きたそうな顔してるけど」

「多喜ちゃんの住所、教えてもらえませんでしたから」

「おやおや、それはまた……」

野木事務長が苦笑する。

「仕方がないです」

温子も肩をすくめた。

「では、お先に失礼します」

「お疲れさま」

事務室を出ると、廊下の先から子どもたちの声が聞こえてくる。プレイルームで遊んでいるのだ。疲れを知らない子たち。

保育士室にもどると、山内友恵は帰宅していたが、寺尾早月と村田公子はまだお茶を飲んでいた。

「なんだったんすか。あのオヤジ」

温子は、多喜の消息が判明したことを手短に告げた。

「ほんとに！」

村田公子が顔を輝かせた。彼女にだけは、多喜の身に起きたことを話してある。

「多喜ちゃんって……お別れのときに島本さんが泣き叫んだっていう?」

「あら、よく知ってるね」

「このあいだ、島本さんから聞きました」

村田公子が、意味深な表情を向けてくる。

温子は、小さく笑みを返す。

「でも島本さん、どうしていまになって、その子のことを?」

「それがね――」

温子の代わりに村田公子が説明すると、寺尾早月が顔色を変えた。

「まあ、生きてるってわかって、よかったよね」

「施設長に叱られちゃいました。勝手に児相を使うなって。そういうときは、ここのトップである自分を通せって」

「バッカじゃないの!」

村田公子が吐き捨てた。

「そんな杓子定規《しゃくしじょうぎ》でなにができるかっての。社会福祉の人脈ってやつは、縦横無尽に駆使してこそ活《い》きてくるんじゃないの。現場を知らないんだよ、あの人は。あんなの通してたら、できることもできなくなっちゃう」

「主任、いいますね」

寺尾早月が、拍手せんばかりに面白がっている。温子に目を向けて、

「多喜ちゃんには会いに行くんすよね？」

「まさか」

「なんで？」

「会ったとき、なんて自己紹介するの？」

「だから、乳児院にいたときに担当した保育士だって」

「あの子が、自分が養子だってことを知らなかったら？」

「あ……そうか」

「無事でいるってわかっただけで、じゅうぶん」

とはいったものの、温子の不安が完全に解消されたわけでもない。

引き取り手は親戚だ。血の繋がっていない多喜を、果たしてどこまで受け入れているのか。親類として接することと、家族の一員として守り育てていくことは、別次元の問題だ。実子と扱いに差が出る程度ならまだしも、最悪の場合、虐待の標的にされる危険すらある。そういうケースを、いくつも見てきた。

温子は、自宅アパートに帰り着いても、多喜のことが頭から離れなかった。生きていることが判明したら、こんどは虐待されているのではないかと心配になる。切りがないのはわかっているが、これで一件落着とする気持ちには、まだなれない。

温子にとって多喜は、これまで担当した子どもたちの中でも、特別な存在だった。保育士という仕事の面白さ、大切さ、そして愛情とはなにかを温子に教えてくれた子だからだ。

ショートステイで、この部屋に多喜を泊めたことがある。初めてここに連れてくるときは、危険がないよう整理整頓を徹底し、念入りに掃除をした。恋人を初めて部屋に呼んだときよりも緊張し、そわそわしたものだ。

（……楽しかったな）

壁際に立って、ぼんやりと部屋を眺めていると、心の奥にしまってあった多喜との思い出の数々が、鮮やかな色彩をともなって、眼前に躍り出てくる。

（多喜ちゃん……）

あなたのマザーになると決まったとき、わたしは責任感に押し潰されそうだった。だってあなたは、わたしにとって、保育士になって最初の担当児。この子の人生は、わたしに掛かっている。いま振り返れば、肩に力が入りすぎていたんだとわかる。でもそのときは、本気でそう思っていた。初めてあなたを抱っこしたとき、こんなに小さな赤ん坊が、どうしてこんなに重いのかと驚いた覚えがある。あれは、きっと、あなたの命の重さだったんだね。

生後間もないあなたは、なかなか笑ってくれなかった。目に映るもの、耳に届くものを、ただ夢中で吸収していた。そんなあなたを見ているのが、わたしは好きだった。

あの日のことは忘れない。あなたが、じっとわたしの顔を見つめ、そして、初めて声を出して笑ってくれた。わたし、笑いながら泣いてしまったよ。

あなたは頑張り屋さんだったよね。まだハイハイができないときでも、欲しいおもちゃを見つけると、手足を懸命に動かして、摑もうとした。時間が掛かっても、あなたは絶対に諦めなかった。数ミリずつでも近づいていって、最後には必ずおもちゃを手にして、うれしそうに笑ったね。わたしは、ほんとうにあなたが誇らしかった。この子は強い子になると信じて疑わなかった。歩けるようになるのは、ほかの子に比べると、ちょっと遅かったかな。でも、わたしは心配していなかったよ。あなたには、あなたのペースがあると思ってたから。あなたは、着実に、前に進んでいく子だった。できることが、日に日に増えていった。

あなたと初めて手を繋いで散歩したとき、わたしはずっとこのまま歩いていたいと思った。本音をいうと、あなたはこれ以上大きくならないで、とさえ願ったんだよ。だって、日々成長し、わたしの手を離れていくあなたの姿を見守ることは、うれしいのと同じくらい、寂しいことでもあったから。お別れを意識しはじめたのが、あのときだったのかもしれない。

このころからお別れのあの日までは、じつは、あまりいい思い出が残っていない。いまでも思い返すと、悲しい気持ちでいっぱいになる。もちろん、あなたが幸せを摑むことはうれしかった。でも、あなたなしの生活なんて、想像したくもなかった。あなたを愛していたから。

でもね、ほんとうに愛するということがどういうことなのか、まだそのときのわたしは知らなかった。

そう。あの、お別れの日を乗り越えるまではね。

あの日のことは、いま思い出しても恥ずかしくなるよ。わたしは、気持ちに整理がつかないまま、あの日を迎えてしまっていた。だから、あんなに取り乱してしまった。自分でもどうしようもなかった。

でも、あのくらいのことをしないと、区切りがつけられなかったんだと思う。あなたの目の前で、最後の最後にみっともないことしちゃったけど、嫌いにならないでくれていたらいいな。

きっと、あなたはもう、わたしのことなんか、これっぽっちも憶えていないだろうな。でも、わたしは、あなたのことを忘れてないよ。絶対に、忘れない。これからも、ずっと。

多喜ちゃん、いま、幸せ？

温子は、あふれ出ていた涙を拭った。感情のたがが外れ、その場に座り込んで泣いた。しかしその間も、そんな自分を冷静に見つめている自分を感じる。いま泣いているのは、いったん感情を吐き出してスッキリさせるため。

事実、吐き出せたと感じた温子は、ぴたりと泣くのを止め、ティッシュで鼻をかんで、ふう、と息を吐いた。三十歳を超えると、泣くのも技巧的になる。激情に任せて馬鹿な真似のできたころが懐かしい。

「やだねぇ、歳をとるって……」

独りごちて、ケータイを開いた。

感情を吐き出した後でも、残った思いがある。泣いたくらいでは処理できなかったもの。

〈多喜ちゃん、いま、幸せ？〉

呼び出し音が鳴る。

出た。

近藤和人。

「なぜケータイにかけてくれなかったんですかっ?」

温子は挨拶も抜きにいった。

『いきなりそれ?』

呆《あき》れた声が返ってきた。

『わざわざ住民票を調べてあげたんだよ』

「こっちは施設長に大目玉ですよ」

『え……上司に内緒で動いてたの? そういうことは最初にいってくれなきゃ』

声の背後に電話のベルが鳴っている。

「まだお仕事中ですか……」

『うん、まあね。で、用件はそれだけ?』

「多喜ちゃんの住所、教えてもらえませんか」

『聞いてないの?』

「施設長のバカ、ケチケチして教えてくれなかったんですっ!」

自分の暴言に気づき、言葉を改める。

「親戚に引き取られたってことだけは聞きました」

『親戚といっても、母方の祖父のところだけどね。じゃあ、いまからいうよ、いい?』

温子は、バッグからボールペンを取り、

「はい、お願いします」

『ええと、住所はね』

告げられた住所を、ティッシュの箱に書き留めた。

「この地区を管轄する児相は？」

『うちだよ。ちなみに、担当は僕』

「ちょうど良かった！　多喜ちゃんの様子を調べて――」

『あんたも図々しいね。いったでしょ、こっちはタダでさえ忙しいんだから、そこまで手が回らないの。虐待の通報でもあったら話は別だけど』

「そこをなんとか」

『そんなに気になるのなら、自分の目で確かめなさいよ』

「それができるくらいなら……」

『できないの？　なんで？』

「あの子、自分が両親の本当の子どもだと思ってたら、どうするんです。乳児院にいたときの保育士だって名乗ったら、パニックを起こしちゃいますよ」

『バカ正直に名乗らなきゃいいでしょう。亡くなった両親の知り合いとかなんとか、適当に誤魔化しちゃえば』

「あの子を騙《だま》すなんて……」

できない、というか、したくない。もっと正確にいえば、あの子を前にして、嘘を吐き通す自信がない。

『声をかけなきゃいいんじゃないの？　遠くから様子を窺えば。それならぜんぜんOKでしょ』

8

ATMの画面に表示された預金残高を見て、久野浪江は安堵した。今月もちゃんと振り込まれている。その全額を引き出し、黄色い財布に収めた。機械から吐き出された久野貞蔵名義の預金通帳もすばやくバッグに突っ込み、なに食わぬ顔でATMを離れる。

ショッピングセンター・ユアモール。

平日の昼間とあって、人はそれほど多くはない。浪江は、婦人服やバッグの売り場をぶらついてから、一階のドーナツ店に入った。

店内の陳列棚からドーナツを五つ選び、Lサイズのコーラも注文した。窓に面した席に着くや、コーラを一気に半分ほど飲み、ドーナツを胃袋に収めていく。

分厚いガラス一枚隔てた外界は、嫌みなほどの五月晴れ。広々とした駐車場に、色とりどりの車が並んでいる。

赤いハッチバックから降りてきたのは、白いブラウスに濃紺のベストとスカート姿の女二人組。へらへらと笑って馬鹿みたいだ。可愛いつもりでいるのか。セックスと金のことしか頭にないくせに。

騒々しいバイクの音がしたと思ったら、おもちゃのようなスクーターが、すぐ脇の駐輪場に停まった。フルフェイスのヘルメットを被《かぶ》っていたのは、青白く太った若い男。中学を卒業したばかりか。顔にあどけなさが残っている。Ｇパンにジャンも野暮ったい。平日の真っ昼間にこんなところに来るようでは、仕事もしていないのだろう。世界のどこにも居場所がないのだ。お気の毒さま。

目の前に、若い女が立った。ガラスのすぐ外側の歩道で、腕に抱いた小さな子どもに話しかけている。見せつけるような笑顔は、いかにも〈幸せです〉といわんばかりで虫酸《むしず》が趨《はし》る。おまえみたいな女は汚物にまみれて死ぬがいい。

久野家は代々の地主で、浪江が子どものころは裕福だった。父は大きな外国車を乗り回し、母はコリー犬を飼って可愛がっていた。家には本格的なピアノもあり、一時期は浪江も習っていた。姉の英代と違ってさっぱり上達しなかったので、すぐに止めてしまったが。

家族全員、いつも小ぎれいな洋服を着て、週末になると百貨店に揃って出かけ、美味しいものをたくさん食べた。物心ついたときからそれが当たり前だったので、とくに恵まれているとは感じなかった。

浪江が中学一年生の夏、父・貞蔵が女性関係でトラブルを起こし、土地を脅し取られた。残ったのは家屋敷だけ。

当時の浪江にはよく事情が呑《の》み込めなかったが、たいへんなことが起きたのだということだけは、徐々にわかってきた。

まず、毎晩のように両親の喧嘩が繰り返されるようになった。母が父を口汚く責め、父が耐えきれずに激昂《げっこう》し、罵り合ったあげく、幕切れは決まって父の暴力と母の号泣。浪江たち姉妹は、布団の中で耳を塞ぐしかなかった。外国車も、コリー犬も、ピアノも、家から消えていった。新しい洋服も買ってもらえなくなった。百貨店にも行かなくなった。美味しいものも食べられなくなった。家そのものが、くすんでいくようだった。そしていつしか、近所の人たちの視線が冷たくなった。

浪江はある日、母に尋ねたことがある。

〈どうしてなの？〉

母は、放り出すように答えたものだ。

〈貧乏だからよ〉

〈どうして貧乏になったの？〉

〈お父さんのせいよっ！〉

その夜も喧嘩がはじまり、父が母を殴った。いつもと違ったのは、父が野球のバットを持ち出したこと。父は大の野球好きで、地元で野球チームをつくっていたくらいだった。だから、野球の道具は一式揃っていたのだ。なぜ、その夜に限って、バットを持ち出したのかは、わからない。だが、そんなもので殴ったら母が死んでしまうことだけは、浪江にもわかった。姉の英代も泣いて止めようとしたが、父の怒鳴り声に身体が竦んだのか、部屋の隅でへたり込んでしまった。

母もひたすら頭を抱えて震えていた。

そんな中、バットを振り上げる父の前に、ただ一人立ち塞がったのが、浪江だった。

〈浪江、どけっ！〉

浪江は、母を守るように両手を広げた。

〈どかないっ！〉

〈おまえまでおれを馬鹿にするのかっ！　どけっ！〉

〈どかないっ！〉

浪江の毅然《きぜん》とした態度に、父が初めて怯《おび》えの表情を見せた。そんな父に追い打ちをかけるように、浪江は言い放った。

〈そんなお父さん、いらない。お父さんなんか、早く死んじゃえぇっ！〉

振り上げられていた腕が、だらりと下がった。バットが手から落ち、床に転がった。父は、一言も口にせず、青い顔で自室に引きこもった。

以来、両親の喧嘩はなくなった。その代わり、鉛のような沈黙が、朝から晩まで家の中を支配するようになった。姉の英代だけが、痛々しいほど明るく振る舞っていた。バラバラになった家族を、一人でなんとかしようとしていた。そんな姉のことを、浪江は軽蔑した。

浪江は、自分一人でもこの環境から抜け出してやると心に決めた。お金に汲々《きゆうきゆう》とする毎日に耐えられなかった。

中学を卒業すると同時に、家を出た。行き先は東京。東京に行きさえすれば、すべての望みが叶《かな》うような気がした。

アパート暮らしをはじめた。最初はファストフードやコンビニでバイトをしたが、仕事がきついわりに時給が安く、また上司が嫌な奴ばかりだったので、すぐに辞めた。水商売なら稼げそうな気がして、年齢を偽ってキャバクラで働きはじめたが、客あしらいの苦手な浪江には人気も集まらず、思うように金は貯《た》まらなかった。

東京で金がないのは致命的だった。金がなければ、なにもできない。人間扱いされない。金、金、金。だから浪江は、金が欲しかった。

浪江にとって、世の中のものは二種類しかない。金になるものと、ならないもの。金になるものは善であり、金にならないものは悪。だから、身体を売ることも、男を騙すことも、盗むことも、金になりさえすれば善なのだった。

十九歳の春。風俗店のドアを叩いた。浪江に残された武器は、即物的な女の部分しかなかった。望みどおり、金は入ってきた。怖いくらい入ってきた。浪江は、裕福な生活を取りもどした。勝ったと思った。誰に対してかはわからない。とにかく勝ったのだと。姉が真面目な会社員と結婚したと知ったときも、嘲笑《あざわら》った。貧乏人が貧乏人と結婚してどうする？

姉が結婚した直後、母が病死した。クモ膜下出血だった。父から連絡をもらったとき、

〈あんたのせいだからね〉

とだけいって、電話を切った。葬式にも顔を出さなかった。

浪江は、ひたすら金を稼ぎ、考える暇もないほど使いまくった。楽しめるうちに楽しまなけれ

ば損だと思った。

不摂生が祟《たた》ったのか、二十代の後半にさしかかるころから、早くも肌の荒れや染みがひどくなり、体形が決定的に崩れはじめた。会話や気遣いで客を引きつけるタイプでもなかった浪江は、唯一の価値であった若さを失うにつれて、風俗でも稼げなくなった。

それでも、生活のレベルは落とさなかった。落とすくらいなら死んだほうがマシだった。客層の悪い店に移ったり、最後は路上に立って足掻《あが》いたが、三十代後半になるとそれもできなくなった。金も底をつき、このままではホームレスになるしかないという状況になったとき、姉夫婦が交通事故で死亡し、残された子どもを父が引き取って育てていることを知った。姉夫婦に子どもができず、養子をもらったことは知らされていたが、会ったことはなかった。

そのとき浪江の心に生まれたのは、裏切られたという思いだった。この期《ご》に及んで、まだ浪江は、父が自分に負い目を感じていることを期待していた。いつの日か、東京までやってきて、目の前で土下座して謝ってくれる。おまえには可哀想なことをしたと涙を流して悔いてくれる。そして、もう一度いっしょに暮らそうといってくれる。すべてを償ってくれる。浪江は、自分で自分を痛めつけるような生活を続けながら、心のどこかで、その時を待ちわびていたのだった。

それなのに、実の娘のあたしではなく、血の繋がらない、他人の子どもをあの家に入れた。このあたしに断りもなく。そして、あたしにはなにもしてくれないまま……。

（……勝手に死にやがって）

グラスの底が、ずずっと鳴った。ゲップが出た。コーラの匂いと同時に、鼻の奥がつんとなる。

浪江は、ドーナツ店を出た。

ケータイが鳴った。

あの男からだった。


三十分後。

浪江は、ワンボックスカーの助手席にいた。

車は、市内の国道を西に向かっている。

「ほんとに、大変だったんだからな」

運転席の男が、恩着せがましくいう。

この話、これで何回目だろうか。浪江はうんざりした。しかし、この男の機嫌を損ねるわけにはいかない。

「わかってる。感謝してる」

「わかってりゃ、いい」

「でも、出てこないだろうね。このあいだ、けっこう雨が降ったけど」

「大丈夫だ。信じろ」

「どこに埋めたの」

「だから、山ん中さ」

「どこの」

男が、ちらと浪江を見やって、

「知りたいのか」

「……やっぱり、いい」

左の脇道から、軽自動車が前に割り込んできた。男が、脅すようにホーンを鳴らした。

「で、きょうはなに」

「そろそろ、貸しを返してもらおうと思ってな」

「じゃあ、あたしの身体で」

男が鼻で嗤《わら》った。

「バカも休み休みいえ」

「お金なら無理だよ。じいさんの年金だって、大した額じゃないし、こっちにはお荷物もいるんだから……まあ、そのうち家出でもするように仕向けてやるつもりだけどさ」

「てことは、まだ家にいるんだな」

「……?」

「お荷物って、あの子のことだろ。ほら、あのとき浴室にいた、養子の女の子」

「そうだけど……あの子が、どうかしたの」

「可愛い子だったよな」

「あんた、そっちの趣味があんの?」

「勘違いするな。金儲《もう》けの話だ」

「ロリコン相手にウリでもさせる気？」

「それは最後の最後。その前に、がっぽり儲けてやるのよ。商品に傷つけることなくな」

あやふやな話し方に、浪江は苛立《いらだ》った。

男は、そんな浪江を見下すように、

「頭を使え。いまはここの時代だ」

自分のこめかみに指を置いて、にやりと笑った。

9

「来てしまった……」

うす汚れた石の門柱に掲げられた表札には〈久野〉とある。敷地を囲むブロック塀は、部分的に崩れかかっており、見るからに危なっかしい。玄関に続くアプローチには飛び石が連なっているが、土埃《つちぼこり》にまみれていて、風雅な趣は失せている。二階建ての木造家屋は、入母屋《いりもや》造の屋根を頂く立派なものだが、いかにも築年数が嵩《かさ》んでおり、メンテナンスが施されている様子もない。松の木のある庭はかなり広そうだが、雑草が生い茂っていて、空気が重く澱《よど》んでいた。夏は蚊が多そうだ。

少なくとも公式書類上では、多喜はこの家に、養母の父・久野貞蔵と住んでいる。児童相談所の近藤和人に調べてもらって、わかったことだ。

家の中から、テレビの音声が漏れ聞こえる。現在、午後二時三十五分。土曜日だから、多喜が自宅にいる可能性はじゅうぶんある。つまりこの瞬間、数十メートルと離れていない場所に、あの子がいるかもしれないのだ。

（さて……）

多喜が住んでいると思《おぼ》しき家の前まで来たものの、どうすればいいのか。一目だけでも会いたいのは山々だが、会ってもこちらの身分を明かすことはできない。身分を詐称してまで会うのも、どうかと思う。

そもそもわたしは、なにを求めて、ここまで来たのだろう。なぜ多喜の顔を見たがっているのだろう。

いちばんの目的は、多喜が幸せにやっていると確認すること。養親の事故死という不幸を乗り越え、虐待などを受けることもなく生活できているとわかれば、安心できるというものだ。

（でも、それだけじゃない。たぶん……）

……わたしは、多喜の幸せな現在を確認した上で、その土台を築いたのが双葉ハウスで過ごしたあの二年間だったのだと、自分に納得させたいのだ。マザーとして愛情を注いだ日々は、けっして無意味ではなかったのだという、たしかな手応えが欲しいのだ。それを得られれば、最近になって感じていたあの一抹の虚しさを、乗り越えることができるのではないか。明日からも迷うことなく、マザーという仕事に打ち込めるのではないか。

ただし、現実的な問題として、その子が多喜だと判別できるのかとなると、いささか自信がない。なにしろ、最後に会ったのは多喜が二歳のとき。十一歳ともなれば、面影もほとんど残っていないだろう。本人に尋ねるわけにもいかないし……。

（……なら、どうすれば）

気がつくと、思考が堂々巡りをしていた。このまま門前に立っていても、埒《らち》があきそうにない。温子は、いったん久野家の石門柱を離れ、車にもどることにした。一帯は古い住宅地で道も狭く、車でうろうろしていると事故を起こしかねないので、比較的道幅のある場所に路上駐車しておいたのだ。

二百メートルほど歩くと、防火水槽の標識の下に、子犬が笑ったようなフロントマスクが見えてきた。愛車デミオ。ロックを解除してドアを開け、運転席に身体を押し込んでシートにもたれ、目をとじる。

（……ほんとに、どうしよう）

刑事ドラマみたいに、多喜が現れるまで張り込むのは、いくらなんでもやりすぎだろう。近所の目にも留まりやすいし、あの家に妙な噂が立っても困る。同じ理由で、隣人に話を聞くのもダメだ。かといって、家を確認しただけで満足する気にもなれない。

（ああ、もう、ほんとに――）

こんこん、とウィンドウを叩く音がした。

目をあけると、制服姿の警察官。自転車にまたがっている。ガラス越しに、

「駐在所の者ですけど、どうされました」

「あ、いえ、なんでも……」

「すみません。ちょっと、外に出てもらえます？」

こんなところに見慣れない車が停まっていたら、怪しまれるのも無理はない。温子は観念してドアを開けた。

警察官も、デミオの行く手を塞ぐように自転車を停めて降りる。あくまでにこやかな顔で、

「免許証を拝見できます？」

温子は素直に差し出した。やましいことはなにもないが、なぜか緊張する。

警察官が、免許証の記述を目で追いながら、

「どうして、こんなところに」

正直に話したら、余計にややこしくなりそうだ。温子は、脳細胞を総動員して、当たり障りのない理由を考えた。

「近道しようと思ったら、道に迷ってしまって……どうしようって途方に暮れてたんです」

途方に暮れていたのは嘘ではない。

「このへんは狭い上に、ごちゃごちゃしてますからねえ。で、どちらへ」

「あの……ショッピングセンターに」

ここに来る途中で見かけた店舗を思い出したのだ。

「ユアモールのことかな」

「あ、そうです！」

「それなら、この道をずっと真っ直ぐ行くと国道に出るから、そこを左に曲がると看板が見えますよ」

「どうも……ご親切に」

警察官が免許証を返してくれた。

「この道は駐車禁止なんで、すぐに移動してもらえます？」

「え、そうなんですか……」

「とくにここは防火水槽があるでしょ。近くに車が停まってると、いざってときに消防車が使えませんから」

「あ、そうですね。すみません。すぐに」

「頼みますね。では、お気をつけて」

警察官が軽く敬礼し、自転車に乗った。去っていくその背中に、温子もこっそりと敬礼を返す。愛車のシートに収まると、思わず声が出た。

「うわぁ、職務質問されちゃったよ」

人生初体験だ。保育士室で披露するネタが一つできたな、と思いつつ、エンジンをかける。

きょうのところは諦めて、次の休暇日にまた出直そう。そのときは、駐車場所に気をつけなければ。

デミオを発進させる。このまま進めば、多喜の住む家の前を通る。

久野家の松の木が見えてきて、ブロック塀にさしかかったときだった。

自転車が一台、前方の石門柱の間から飛び出してきた。

温子は思わずブレーキを踏んだ。

ペダルをこいでいるのは女の子だ。こちらに注意を払う様子もなく、狭い道に自転車を走らせていく。

温子は、その後ろ姿を見つめながら、ハンドルを握りしめた。

「多喜ちゃん……」

顔はちらと見えただけだったが、温子は確信した。似ているとか、面影があるとか、そういうことではない。あの存在そのものが、まぎれもなく多喜なのだ。二年間、愛情を注ぎ続けた者にだけ許される直感だった。

しかし気になるのは、その全身を覆っていた暗い影だ。顔色も悪かったし、背中も痩せている。髪もぼさぼさで艶がない。水色のジップアップ・ジャケットも、どこか垢《あか》じみていた。

〈多喜ちゃん、いま、幸せ?〉

温子は、ゆっくりとデミオを前に出した。距離をおいて、後を追った。後を追ってどうするつもりなのか、自分でもわからない。しかし、ここで見失ったら、二度と会えないような気がする。

多喜の乗る自転車は、国道に出て左に曲がった。国道は交通量もそこそこあるので、ここまでのようにのろのろと走るわけにはいかない。合流地点の一時停止線で車を停め、どうしたものかと迷っていたら、クラクションが一つ鳴った。バックミラーに大きく映っているのは黒い軽自動車。ドライバーは化粧の濃い女性。多喜は、と見ると、国道沿いの歩道をどんどん進んでいく。

またクラクションが鳴った。こんどは三回も。

（ええい、ままよ！）

温子は国道に出てハンドルを左に切り、多喜を追った。後続の軽自動車も、ぴったりとくっついてくる。これではスピードを落とせない。あっという間に多喜の自転車を追い越してしまった。

（ああ……もうダメだ）

諦めかけたとき、前方左に、ショッピングセンターの入口を示す、巨大なポールサインが見えた。

ユアモール。

とっさに温子は、左ウィンカーを出して減速した。後ろの黒い軽自動車が、大きく対向車線にはみ出しながら追い越していった。温子は、空いている駐車ロットにデミオを停めた。

まだ間に合う。

車を降りて、国道に駆けた。

あっと声をあげそうになった。

多喜の自転車はまさに、歩道をこちらに向かってくるところだった。距離は二十メートルもない。多喜の目にも、わたしの姿が見えているはず。隠れようとすれば、かえって注意を引くだけだ。

温子は、平静を装い、多喜に向かって歩きはじめた。

二人の距離が狭まる。

十メートル。

五メートル。

あの顔。

間違いない。

微かに面影がある。

（それにしても……）

この表情の暗さはなんなのだ。

すれ違っても、温子には目もくれなかった。思い詰めるように沈んだ瞳を、ひたすら前に向けていた。

温子は振り向いた。

多喜の自転車は、ユアモールに入っていく。

温子は急いで道をもどった。

多喜。

駐輪場で自転車を降りていた。背中を丸め、うつむき気味に、ドーナツ店の前を横切り、店舗の入口へと歩いていく。

温子も、多喜を追って、店内に足を踏み入れた。

週末のせいか、買い物客は多かった。家族連れが目立つ。天井のスピーカーからエンドレスで流されるＣＭソングは、ひたすら明るく、ユアモールの名を連呼していた。

どこかに多喜がいるはずだが、見失ってしまった。温子は、店内を捜し歩いた。親子連れが集まっているのは催事広場。設置されたボードには一面の似顔絵。明日は母の日だと気づく。宝飾店にも母の日セールのPOP文字が躍っている。靴・バッグの売り場。手作りパンの店。多喜はいない。エスカレーター。二階へ行ったのか。温子は上った。エスカレーターの正面に文房具売り場。女の子の好きそうなアクセサリーや小物も並んでいる。ここかもしれない。捜した。多喜はいない。玩具、婦人服、ゲームコーナー。トイレまで確かめたが、どこにもいない。

やはり一階だろうか。

エスカレーターを下りながら、眼下の売り場を見わたす。ずらりと並んだレジの向こうに、陳列棚の大群。生鮮食品。乾物。インスタント食品。調味料。ペットフード。家庭用洗剤。歯磨き。シャンプー。化粧品……。

（……！）

うす汚れた水色のジャケット。

ほんの一瞬だったが、見えたような気がした。

温子は、一階に到着すると、人混みを突っ切って急行した。

化粧品コーナーの前。

いた。

水色のジャケット。

痩せた背中。

多喜。

棒立ちのまま、正面の商品を見つめている。その場を動こうとしない。しかしそこは、大人用の高級品を陳列した棚で、小学生の多喜には不釣り合いな場所だ。

温子は、隣の棚の陰から、目を凝らした。

(なにを……してるの)

ああいう大人の化粧品に憧れているのだろうか。それとも家の人にお使いを頼まれたのか。

多喜がおもむろに手を伸ばし、赤いパッケージの品物を摑んだ。その手は、遠目にもわかるほど震えている。頻繁に左右に顔を向けて、周囲を気にしている。一つ一つの動作がびくびくとしていて、明らかに挙動がおかしい。

温子は嫌な感覚に包まれた。

(……うそ)

見たくはなかった。

見なければよかった。

(あの子が……どうして)

多喜が振り向く。

温子は、反射的に目を逸らし、棚の陰に引っ込んだ。

(多喜ちゃん……あなたは……)

涙が出そうだった。

わたしは、どうすればいいのだ。

どうすれば……。

どうすれば……。

＊

多喜は、夜、一人で布団にくるまっているとき、いつも夢想してしまうことがある。

育ててくれた両親は死んでしまったけど、本当のお父さんとお母さんがどこかで生きていて、いつか迎えに来てくれるのではないか。いまこの瞬間にも、こっちに向かっているのではないか。ほんの数秒後に家のチャイムが鳴るのではないか。

すると必ず声が聞こえる。

〈バカが。そんなわけないだろうがっ！〉

あの女の声だ。

〈おまえはその、本当のお父さんとお母さんとやらに、生まれてすぐに捨てられたんだよ。おまえのことなんか、とっくの昔に忘れてるさ。いまごろになって迎えに来るものかっ！　千パーセントないねっ！〉

視線を感じて振り向いた。

買い物客でにぎわうショッピングセンター。しかし、こちらを見ている人はいない。

多喜は、あらためて、自分の手元に目を落とす。

赤いパッケージの小さな化粧品。

震えている。

なにも考えなくていい。前回と同じことをすればいい。このままポケットに入れるだけ。やるしかないのなら、早くやってしまったほうがいい。

（でも……）

これで二回目だ。

やってしまったら、こんどこそ取り返しのつかないことになる気がする。警察に捕まることではない。自分の中で、歯止めが利かなくなりそうで、怖いのだ。このまま悪い人間になってしまったら、本当のお父さんやお母さんが迎えに来てくれたとき、どんな顔で会うのか。悲しませるだけではないか。こんな悪い子ならいらないと、こんどこそ見捨てられるかもしれない。

〈まだ、そんなことといってんの？〉

あの女の声。

多喜を嘲笑う声。

〈おまえは最初っから見捨てられてるって、何回いったらわかるんだ？　え？〉

涙が滲《にじ》んできた。

でも、反論できない。そのとおりだから。わたしを迎えに来てくれる人なんて、この世界のどこにも、いるわけないから。そんなこと、わたしだってわかってる。わかってるけど……。

〈一生懸命いい子でいて、それがなんになるっての？　誰も喜んじゃくれない。逆に、おまえがどれだけ悪い子になったって、誰も悲しまない。おまえがどうなろうと、誰一人知ったこっちゃないんだ。だって、そうだろう。おまえは、実の親からさえ愛されなかった子なんだからね。おまえなんか、おまえなんか、おまえなんか……〉

あの女の声だったはずが、いつの間にか自分自身の声となって、多喜の心を嘖《さいな》む。わたしなんか、わたしなんか、わたしなんか、わたしなんか……。

（……どうなってもいいんだ）

目をつぶる。

手にしたもの。

ポケットに突っ込む。

寸前。

手首を強く握られた。

ぎょっとして振り向いた。

女の人が立っていた。

悲しそうな目をしていた。

静かにいった。

「ダメよ、多喜ちゃん。そんなことしちゃ」

多喜は、全身から力が抜けた。

＊

温子は、自動販売機で紙パックのオレンジジュースを二つ買い、駐車場に急いだ。愛車デミオが見えてくると、ほっとして歩を緩める。多喜は助手席で待ってくれていた。

温子は、ドアを開けて運転席に収まり、多喜にオレンジジュースを一つ差し出した。

「遠慮しなくていいよ。わたしの奢《おご》り」

多喜は受けとったが、膝の上で握りしめたきり、飲もうとしない。

温子は、かまわずストローを挿して、半分ほど飲んだ。口を放すと、空気がストローを逆流して、品のない音を響かせる。温子は笑みを浮かべて多喜を見やったが、多喜の表情は相変わらず硬い。

「いきなりで、驚かせちゃったね」

「…………」

「不思議に思ったでしょ。どうして、わたしが、あなたの名前を知っているか」

多喜は一言もしゃべってくれない。その頑《かたく》なさは感心するほどだった。果然、温子が一方的に話すことになる。

「あなたのご両親から聞いてたの」

多喜が顔を上げる。

「あ、そうだ。名前、まだいってなかったね。わたしの名前は、島本温子。あなたのご両親とは、古い知り合いでね。……赤ちゃんだったあなたを抱っこしたこともあるんだよ。あなたは憶えてないでしょうけど」

多喜が目を伏せる。

「ご両親が事故で亡くなったこと、最近まで知らなくてね。びっくりして、あなたの住んでいるところを探してもらって、きょうになって家の前まで行ったら、ちょうどあなたが出てきて……なんだか、とても思い詰めた顔をしてたから、声もかけられなくて、でも気になって、つい後を……ごめんなさいね、変な真似して」

多喜が、伏せた目をなんども瞬《しばた》かせる。彼女なりに、状況を理解しようとしているのか。

「いま、小学五年生だよね」

無反応。

肯定のサインだと、温子は受けとめる。

説教口調にならないよう気をつけて、

「五年生にもなれば、万引きが悪いことだってことくらい、知ってるよね」

多喜が、微かにうなずく。

「どうして、あんなことを。あの化粧品が欲しかったの？」

首を横に振る。

「じゃあ、どうして」

頬が紅潮していく。

この子の中で、感情が大きく動いているのだ。

「悪いと思っていることをするには、理由があると思うんだよね。よかったら、話してくれないかな。あなたの力になれるかもしれない」

多喜は応えない。

「いまは、お祖父ちゃんと住んでるんだよね」

びくっと肩を震わせた。

「違うの？」

多喜が全身を硬直させた。

怯えている。

誰に？

「お祖父ちゃん、怖いの？」

首を振った。

なんども振った。

「……参ったな。ぜんぜん口を利いてくれないんだ……ま、仕方がないか」

多喜が、手にしていたジュースのパックを、おずおずとセンターコンソールに置いた。

「飲まないの？　持って帰ってもいいんだよ」

首を振る。

「そう……」

多喜が小さく頭を下げ、ドアに手をかけた。

「……ねえ、多喜ちゃん」

上目遣いに振り向く。

「一つだけ約束して。もう、あんなこと、しないって」

多喜が目を泳がせた。

うなずいてくれない。

温子は、祈るような気持ちで、言葉を継いだ。

「わたしは、あなたは万引きするような子じゃないと信じてる。きっとなにか、どうしようもない理由があったんだと思う。わたしは、その理由をなくすお手伝いがしたいの」

「…………」

「でも、きょうは、これ以上は聞かない。また会ってくれると、うれしいんだけど……」

やはり返事はない。

「……そうだ、ちょっと待って」

温子は、バッグからメモ帳を取り、白紙に自分のケータイの番号を書き付け、ページごと破った。

「もし、自分だけで解決できない問題にぶつかったら、遠慮なく電話して。仕事中は出られないけど、留守電にメッセージを入れてくれれば、必ず会いに来るから」

番号を記したメモは受けとってくれたが、その顔はまだ疑っている。

「初対面の大人にこんなこといわれても戸惑うだろうけど……お願い、これだけは信じて」

温子は、多喜の手を握った。

「わたしは、あなたの味方よ」

多喜が、目を逸らした。

温子は、多喜の手を放した。

「行きなさい」

多喜が、落ち着かない様子でドアを開け、車から降りる。

「気をつけて帰ってね」

ドアを閉め、振り向きもせず駐輪場へ走っていく。その後ろ姿からは、温子の言葉を信じてくれたのかどうか、判断は難しい。

ドーナツ店の前まで走った多喜が、ガラスに映った自分の姿に驚いたかのように、急に立ち止まった。

振り返る。

助けて。

「え……なに」

温子は、ドアを開けてデミオを降りた。

しかし多喜は、振り切るように駐輪場へ駆け込み、自転車に乗り、全身でペダルを踏みながら去っていった。

＊

部屋にもどった多喜は、ジャケットも脱がずに壁際に座り込み、抱えた膝に顔を埋《うず》めた。

考えなければいけないことが、たくさんあるような気がしたが、なに一つ考えられない。考えたくない。いまの自分のことも、これから起こるだろうことも。いっそ声だけでなく、目も耳も失ったら、楽になるだろうか。なにも見なくて済む。聞かなくて済む。自分一人の世界に閉じこもっていられる。でもあの女には殴られるかもしれない。痛くて苦しい思いをするかもしれない。それなら、なにも感じなくなるのが、いちばんいいのではないか。なにも感じない。考えない。それって、つまり……。

（……死ぬ）

怖くなって、膝から顔を上げた。意識して、呼吸した。酸素を得て、ようやく思考が動きだす。でも、大きな暗い穴を落ちていくような心細さは変わらない。手を伸ばしても、摑むものは、なにもない。なにも——。

〈お願い、これだけは信じて〉

多喜は、ジャケットのポケットを、縋《すが》る思いでまさぐった。くしゃくしゃになったメモを丁寧に広げる。手書きの数字。十一桁の電話番号。

〈わたしは、あなたの味方よ〉

ほんとうだろうか。

両親の知り合いだといっていた。赤ん坊だったわたしを抱っこしたこともあるのだと。でも、それだと話がおかしくはないか。わたしが両親に引き取られたのは、二歳のときだ。当時の写真を見たことがあるが、ちゃんと自分の足で歩けていて、抱っこされる赤ん坊という感じではなかった。

あの人は嘘を吐いたのか。

わたしを騙したのか。

あの人も悪い大人なのか。

（……そうは思いたくない）

もし、あの人の話が嘘でないとすれば、赤ん坊だったわたしを抱っこしてくれたことが事実だとすれば、あの人は……あの人こそは……。

（わたしの、本当の……お母さん？）

多喜は一筋の光を見た気がした。

そうだ。本当のお母さんだ。だから、万引きしようとしたわたしを止めてくれた。悪い子になっちゃいけないと叱ってくれた。

〈じゃあ、それならそうと、どうして教えてくれなかったのさ？　本当の母親なら、ちゃんと名乗って、おまえを抱きしめてくれるはずだろ〉

多喜は、懸命に反論する。

赤ん坊だったわたしを手放したことに、負い目を感じていたのではないか。母親らしいことができなかったことを申し訳なく思っていたのではないか。だから、素直に名乗れなかったのだ。

〈だいたい、いまさら本当の母親が会いに来るものか。おまえは生まれてすぐに捨てられたんだ。本当の母親とやらにも、おまえは望まれなかった子なんだよ。まったく、自分に都合のいい、夢みたいなことばっかり考えやがって！　おまえを助けに来てくれる人間なんて、誰もいねえんだよ、ばぁか！〉

そんなことない。

あの人は、絶対、お母さんだ。

わたしのお母さんだ。

多喜は、その考えにしがみついた。それ以外に、きょうという日を耐え抜く術《すべ》はない。

階下で、玄関の開く音がした。

多喜はメモを握りしめ、そのままポケットに突っ込んだ。

「多喜っ、下りといでっ！」

怒声に目をつぶる。

「多喜っ！　いないのっ！」

階段を、獰猛《どうもう》な足音が駆け上ってきた。

迫ってくる。

すぐそこに。

「いるじゃん」

多喜は目をあけた。

あの女。

久野浪江。

多喜の前に腰を落とし、右掌を上に向ける。

「出せよ。きょうは、ちゃんとやったんだろうね？　え？」

多喜は、首を横に振った。

差し出されていた右手が翻り、多喜の頬を張りとばした。耳の奥がキンと鳴った。

「ほら、ちゃんとこっち向け！」

顎を掴まれた。

「なんにも盗ってこなかったってのぉ？」

涙目でうなずく。

また頬を打たれた。

同じ場所。

鼻の奥に血の匂いがした。

「どういうこと？　なんで、いわれたとおりやらないの！」

ポケットの中のメモを握りしめた。力がもらえる気がした。

「なに……なんか隠してるの?」

多喜は、右手を守るように、身体を丸めた。

「その手だよ!」

必死に首を振った。

「出しなっ! 出せって」

腕を摑まれた。抵抗した。また殴られた。右手首を捻《ひね》られた。指をこじあけられた。メモを奪われた。取り返そうと伸ばした腕も叩かれた。骨まで響いた。

立ち上がった浪江が、メモに目を走らせる。

「なんだ、これ……ケータイの番号? 誰の?」

返して。

それだけは返して。

お願いだから。

「ナンパでもされたか、この野郎……こんなものを後生大事に」

浪江がメモを二つに破った。

多喜は摑みかかった。腹を足蹴《あしげ》にされた。壁に背中をぶつけて倒れた。息が詰まった。

「バカにしてんのか、おい」

浪江が、荒い呼吸で、多喜を見下ろす。

「こうしてやるさ」

二つに引き裂いたメモを重ねて、左の指でつまんだ。右手でライターを取り出した。メモの下で火を点けた。見る間に燃え上がった。

「ほらよ」

浪江が指を離した。二つの炎が床に舞い落ちた。多喜は飛びついた。掌で叩いて火を消した。メモはほとんど灰になって、数字が判読できなかった。粉々になった黒い灰に、涙が落ちる。

多喜は、浪江を睨み上げた。

「なんなの、その目？　男の気を引いていい気になってんじゃねえよ！」

浪江が大きく右手を振り上げる。

「そのへんにしとけ」

寒気がした。

あの男。

死んだ祖父を家から運び去ったあの男が、部屋に入ってくる。

「顔に痣《あざ》でもできたら、商品価値が半減するぞ」

浪江が、多喜を横目に睨み、振り上げた手を下ろした。

男が、白々しい愛想笑いをつくり、多喜の前でしゃがむ。

「多喜ちゃん、っていうんだってな」

気味の悪いほど甘い声。

多喜は、うなずくこともできない。

「久しぶりだね。おじさんのこと、憶えてる?」

「多喜、ちゃんと返事をしろ! ほんとは声、出るんだろ」

「まあ、待てよ」

男が笑顔のまま、浪江を宥《なだ》める。

「こんな子どもなのに、そんな怒鳴らなくてもいいだろうよ。なあ、多喜ちゃん」

多喜は、浪江よりもこの男のほうが恐ろしい、と感じた。

「おじさんさ、多喜ちゃんにプレゼントを持ってきたんだけど、受けとってくれるかな」

手にしていた紙袋から、ピンク色の布の塊を取り出した。両手で広げる。セパレート・タイプの小さな水着。大人の女性が身に着けるような、お尻がほとんど丸出しになるデザインだ。

「気に入ったかい?」

男の目は、もう笑っていない。

10

「はあ、終わった終わった」

主任の村田公子が、太い首をぐるぐると回しながら、加藤昌代《まさよ》と連れだって保育士室に向かう。

準夜勤組への引き継ぎを終えたので、養育日誌を書けば本日の勤務は終了。あとはのんびりとお茶でも飲み、着替えて家路につくだけだ。

島本温子も二人に続こうとしたが、寺尾早月の姿がないのに気づき、プレイルームを振り返った。案の定、健一郎くんのところにいた。笑顔で健一郎くんの頭を撫でている。きょうのお別れのあいさつをしているのだ。

健一郎くんの里親候補である西倉夫妻は、この日も双葉ハウスに来院して、たっぷり半日はいっしょに過ごしていった。すでに外泊も問題なくクリアしている。健一郎くんが双葉ハウスを去る日も間近だろう。あとはタイミングの問題だ。

温子は、寺尾早月をそのままにして、保育士室にもどった。棚から担当児のケースファイルを手にして椅子に腰を下ろすと、テーブルを挟んで斜向かいの村田公子が日誌から顔を上げ、

「ヤンキーねえちゃんは？　また健一郎くんのところ？」

「健一郎くん、いよいよですからね」

「一秒でも長く接していたいって気持ちはわかるけど、あとがつらいよ」

温子はうなずいて、ケースファイルを開いた。

現在、温子がマザーを務めているのは、一歳の麻香ちゃんと、一歳五カ月の裕太《ゆうた》くん。

裕太くんは十日前に入所したばかりだが、男の子にしてはおとなしく、人見知りや後追いもまだ見られない。だからといって、手がかからなくて良い子だと歓迎してばかりもいられない。マザーである温子を後追いしないということは、まだ温子を〈特別な大人〉と認めていない証拠ともいえる。目を合わせることも少なく、表情も乏しいので、もう少し関わりを増やしたほうがよさそうだ。

一方、実母の入院にともなって双葉ハウスに預けられた麻香ちゃんだが、実母はすでに退院して、きのうから交流をはじめている。しかし、数週間のブランクが一歳児に与える影響は、大人が思う以上に大きい。事実、実母が久しぶりに顔を見せたときも、麻香ちゃんは温子にしがみついて離れようとしなかった。これには実母がショックを受けた様子だったが、こういうものなのだと説明すると、いちおうは納得してくれた。もっとも、頭で納得することと、感情的に受け入れることは別問題だ。懐かないままの子どもを家庭に帰すと、母親が我が子を可愛いと思えなくなり、最悪の場合、虐待に繋がる恐れもある。だからこそ、交流期間をしっかりと設けて、母親との愛着関係を再構築する必要があるのだ。

「ねえ、島本さん、多喜ちゃんのことなんだけど」

隣の加藤昌代が、控え目に声をかけてきた。同じベテランでも、村田公子とは対照的に、痩身で物静かな人である。しかし九年前のあの日、多喜を奪い返そうと取り乱した温子を、身体を張って押しとどめてくれたのが、ほかでもない、加藤昌代だった。

〈頭を冷やしなさいっ！〉

普段の穏やかな様子からは想像できないほどの厳しい声は、いまでも耳の奥に残っている。

「さっきも主任と話してたんだけどね、多喜ちゃん、一言もしゃべってくれなかったんだって？」

多喜と会ったことは、主任である村田公子には伝えてあった。

「ええ。いろいろと働きかけてはみたんですけど、最後まで……」

「それ、しゃべらなかったんじゃなくて、しゃべれなかったってことはない？」

「しゃべれない……」

温子は、あっと思い、冷や汗が滲んだ。

「……緘黙《かんもく》ですか」

無言症ともいう。身体の機能に異常はないのに、無言となってしゃべらなくなる。

いわれてみれば、多喜は言葉は返してくれなかったが、拒絶的だったわけではない。逃げようともしなかったし、別れ際には頭も下げてくれた。その態度からは、どこかちぐはぐな印象を受けたが、緘黙だとすれば腑《ふ》に落ちる。

「そうです……たぶん……いや、きっとそうです！　ああ、そんなことにも気づかないなんて」

温子は天を仰ぐ思いだった。ケータイの番号を教えても、声が出ないのでは意味がない。

一般に、緘黙の原因として考えられるのは、精神疾患や心因反応など。しかし、あのときの多喜に精神疾患があるようには見えなかった。とすればやはり……。

「……ご両親を亡くしたショックで」

「決めつけるのは早いよ」

と村田公子。

「いえ、緘黙です。間違いないと思います」

「原因のほうさ」

温子は首を傾げた。

「子どもが声を失うケースは、まず虐待を疑わなきゃ」

加藤昌代も、深刻そうな顔でうなずいて、

「万引きに緘黙。それに加えて複雑な家庭事情でしょ。ちょっとまずいと思う。児相に動いてもらったほうが……」

「じゃあ早速——」

「その前に施設長に」

「どうかねえ」

と村田公子。

「あの自己中・保身オヤジが、ことの重大さを理解できるのかねえ。うちとは関係ないっていいそうじゃない？」

「主任、声が大きいんじゃ……」

保育士室のドアは開け放してある。話し声は廊下に筒抜けだ。

「施設長室まで聞こえやしないって」

「聞こえてますよ」

ドアの陰から声がした。

村田公子が背筋を伸ばす。

姿を現したのは野木事務長。

顔には愉快そうな笑み。

とたんに村田公子の表情が弛んだ。

「脅かさないでよ」

「事務長、聞いてたんですか」

「聞こえちゃったんですよ。いったい何事です。ちなみに施設長はとっくにお帰りになりました」

「そりゃちょうど良かった」

村田公子も遠慮がない。

「多喜ちゃんのことなんです」

温子の言葉に、野木事務長が表情を引き締め、部屋に入ってドアを閉めた。

「伺いましょう」

温子は事情を説明した。

黙って聞いていた野木事務長が、深くうなずいて、

「児相に通報するべきだという考えには賛成です」

「それで、施設長の許可を、という話をしていたんですけど」

野木事務長が、すぐには応えず、思案顔をした。

「ほら、事務長も悩んでるよ。あのオヤジに下手に報告しようものなら、逆に動けなくなるんじゃないかって」

野木事務長が、主任には敵《かな》わないとばかりに苦笑して、

「ただ、どうでしょうね。これは、乳児院に特有の問題でしょうか」

温子は、いっている意味が呑み込めない。

「つまり、児童虐待の可能性が認められる場合、児童相談所に通報することは、なにも乳児院だけに課せられたものではなく、全国民の義務です。そうでしたよね、加藤さん」

いきなり振られた加藤昌代が、平然と、

「はい、そのとおりです」

「ということは、このケースを児相に通報することは、施設長の許可云々などという以前に、我々の国民としての義務、むしろ、たとえ施設長の許可がなくとも、積極的に通報しなければいけないのではないでしょうか。いかがです？」

「事務長、あんた、政治家になったらいいよ」

村田公子が楽しそうにいえば、

「理屈は通ってるでしょ？」

野木事務長も、いたずらっぽく笑う。

「施設長には折を見て、私のほうから報告しておきますよ。あの人の顔も少しは立ててあげないと、かわいそうですからね」

温子は、力を得た気持ちになった。

「そういうことなら、児相のあの地区の担当者を知ってますから、わたしが連絡します」

「結構ですね。そうしてください」

そのとき保育士室のドアが開いて、健一郎くんとのお別れのあいさつをようやく終えたらしい寺尾早月が入ってきた。温子ら四人の視線を一身に浴びる形になり、立ち止まって目を白黒させる。

「な、な、な、なんすか。事務長まで揃って……」

「みんなで悪巧みしてたの」

村田公子がふざけていうと、野木事務長がわざと真面目くさった顔で、

「他言は無用ですよ」

入れ違いに出ていった。

11

ユアモールの駐輪場。

温子は、停めてある自転車を一台ずつ見ていく。多喜がどんな自転車に乗っていたか、はっきりとは憶えていない。それでも実際に目にすれば、わかるかもしれないと思ったのだ。九年ぶりに会った多喜をすぐさま判別できたように。

結論からいうと、多喜のものを見分けることはできなかった。というより、そもそもここに多喜がいると確信しているわけでもない。

温子は、店舗の自動ドアを入った。

買い物客はそれほど多くはない。平日の夕方はこんなものなのか。あるいは、これから増えてくるのか。例の化粧品コーナーを覗いたが、多喜の姿はなかった。ほっとすると同時に、会えなくて少し残念な気持ちもある。温子は、照明に輝く棚の前に立ち、あのとき多喜がポケットに入れようとした深紅のパッケージに手を伸ばした。基礎化粧品。荒れた肌を整えるための乳液だ。なにもしなくても肌がツルツルの小学生が、万引きしてまで欲しがるものではない。

温子は、念のために売り場を一回りしてから、店舗を出た。

空には見事なまでに赤く染まった雲。温子は思わず足を止めて見入った。なじみのない場所で、こうして一人、夕焼けを見上げていると、異世界に迷い込んだような気分になる。

（行くか……）

温子は、駐車場から国道沿いの歩道に出て、東へ歩いた。数百メートル進んだところで、脇道に折れる。いったん立ち止まって確かめたが、この道で間違いない。ここを道なりに行けば、多喜の家の前に出るはず。

温子は、ショルダーバッグをかけ直し、歩を進めた。

あれから五日。多喜からの連絡はない。当たり前だ。声が出ないのだから。

久野家が見えてきた。

黒ずんだブロック塀に囲まれた、古い二階建ての屋敷。

その十数メートル手前の路上に、軽自動車が一台、停まっていた。エンジンが切ってあるが、人は乗っているようだ。運転席のシート越しに頭が見える。営業マンが休憩でもしているのか。

それにしては車に会社のロゴもない。なんとなく気味が悪い。温子は、できるだけ離れたところを、足早に通り過ぎた。

(多喜ちゃん、いるかな)

一階と二階に、それぞれ灯りが点っている。

いる、と見た。

温子は、石門柱の前で一呼吸おき、

「よし」

と気合いを入れ、飛び石のアプローチを進み、玄関のチャイムを鳴らした。

*

多喜は、いつものように壁際に座り込み、あの女の気を引かないよう息を殺していた。あの女は、些細《ささい》なことで怒鳴ったり殴ったりする。そのきっかけを作りたくなかった。

もっとも、ここ何日かは、怒鳴られることはあっても、殴られたことはない。化粧品を万引きしてこいともいわれなくなった。食事もちゃんと取らせてもらえる。その代わり……。

〈これを着て、カメラの前に立ってればいいんだ。な？　ぜんぜん難しくないだろ？　みんな優しい人ばかりだから、心配することないよ。これが終わったら、美味しいものをいっぱい食べさせてあげるから。きれいな洋服も買ってあげるから。な？　いいよな？〉

あの男のいっていることは、正直、よくわからない。わかりたくもない。でも、とても嫌なことをされるのだとは感じた。二週間くらい後だといわれた。

〈それまでに、たくさんお客を集めておくからな〉

多喜は、もう、どうでもよかった。怖いけど、嫌だけど、しょうがない。逃げようとしても、きっとあの男は、どこまでも追いかけてくる。そして、あの女よりももっと酷《ひど》いことをする。わたしは殺されて、おじいちゃんみたいに、どこかに捨てられるかもしれない。あの男のいうとおりにするしかないのだ。それならいっそ、なにも考えずに、いわれるままにしよう。されるがままになろう。そうすれば、少なくとも殴られない。痛いのは嫌だ。

階下でチャイムが鳴った。

あの女の足音が居間から動いた。

玄関が開く音。

声がする。

多喜は、顔を上げた。

いまの声。

聞き覚えがある。

（……あの人だ）

万引きしようとしたわたしを止めてくれた人。

叱ってくれた人。

わたしの味方だといってくれた人。

わたしの……本当の……。

(お母さんっ!)

多喜は、跳ね上がるように立ち、階段の下り口で耳をそばだてた。

「あんた、なに? 市役所の職員?」

例によってあの女が、喧嘩腰で応対している。

「いいえ。昔、樫村さんご夫婦のお世話になった者です。事故で亡くなったと聞いて、びっくりしてしまって」

「だから、なんの用」

「……多喜ちゃんがこちらに引き取られていると伺って、元気で暮らしてるのか気になりまして、短い時間で結構ですから、お話しさせていただくわけには——」

「多喜は元気だよ。それでいいだろ」

「失礼ですが、あなたは多喜ちゃんの?」

「叔母だよ。多喜はあたしがちゃんと面倒みてる。そのあたしが多喜は元気だっていってんの」

「お祖父様と暮らしてるとお聞きしたのですが」

「奥にいるけど、人嫌いでね。あたしら以外の人間には会わないの。わかったら帰ってよ」

「多喜ちゃんに一目だけでも会わせてもらえませんか。そうすれば、わたしも安心できるんですが」

「あたしがいうだけじゃ安心できないっての?」

「そうではなく――」

お母さんだ。お母さんが迎えに来てくれたんだ。わたしをここから救い出しに来てくれたんだ。

(でも、もし、違うっていわれたら……あなたのお母さんなんかじゃないっていわれたら……)

最後の希望を失うことが怖い。

残酷な真実と直面させられることが怖い。

多喜は、静かに自室にもどり、壁際に座り込んだ。

階下では、あの人の声と、あの女の声が、飛び交っている。

多喜は祈った。

そして、待った。

〈多喜ちゃん、わたしがあなたのお母さんだよっ、迎えに来たんだよっ、顔を見せてっ!〉

あの人が、わたしの名前を呼びながら階段を上ってきてくれるのを。

そうしたら、わたしは部屋を飛び出して、泣きながらあの人に抱きつく。どうしてわたしを捨てたのか。いままで迎えに来てくれなかったのか。……聞きたいけど、たぶんそれは聞けない。お母さんを困らせるだけだろうから。わたしは、お母さんを困らせるようなことはしない。悪い子にもならない。いい子になる。

だから、お母さん。

早くわたしを呼んで。

一言でいいから名前を呼んで。
わたしはすぐに駆け下りていくから。
「とっとと帰れっ！」
階下で女の声が大きく響いた。
あの人が、小さく言葉を返す。
そして、家の中の空気が、ふたたび重苦しくなった。
（そんな……）
あの人は行ってしまったのだ。
わたしの名前を呼ぶこともなく。
わたしの母親だと名乗ることもなく。
行かないでっ！
多喜は叫びたかった。
でも声が出ない。
玄関の引き戸が乱暴に閉められる音がして、あの人の気配が完全に絶えた。

＊

温子は、久野家の石門柱を出たところで、振り返った。玄関の引き戸は、固く閉ざされている。

（叔母といったけど……）

まともな神経の持ち主には見えなかった。

多喜はあの女性と同居しているのか。これでは緘黙の治療どころではない。

（……でも、どうしたら）

温子は、重い足を引きずって、来た道をもどる。

その路上。

さっきの軽自動車がまだ停まっていた。

中で人影が動いた。

ドアを開け、降りてくる。

男だ。

暗くて顔はわからない。

大股で温子に向かってくる。

温子はびくっとして足を止めた。樫村夫妻の住んでいたマンションで、若い男の部屋に連れ込まれそうになったことが脳裏を過ぎった。

とっさに身を翻した。

背後で男が駆けだした。

逃げようとしたが、あっという間に肩を摑まれた。

振り向かされた。

喉まで込み上げてきた悲鳴を呑み込んだ。

「あんた、なにやってんの、こんなとこで」

児相の近藤和人だった。

温子は、驚きすぎて、声も出ない。

「ちょっと、こっちに」

軽自動車まで腕を引っ張られた。

「これ、あなたのだったの」

「乗って。話は中で」

近藤和人が運転席に乗り込んだ。

温子も、助手席に滑り込む。

音を立ててドアを閉めた。

フロントガラス越しに、久野家の石門柱が窺える。なるほど。

近藤和人が前を向いたまま、

「で、なにしに来たの」

「多喜ちゃんに会いに来たんですよ。児相に通報して何日も経つのに、なにも連絡がないし」

「こっちだって忙しいっていってるでしょ。このケースだけに関わっていられるわけじゃないんだから」

「だから、わたしが休暇を利用して、少しでも多喜ちゃんのことを調べようと――」

「あのね、どんな状態にあるにせよ、いま実質的に子どもの保護者となっているのはあの女なんだよ。見たでしょ」

「立派な社会人ですね」

「保護者をむやみに刺激しても、問題は解決しないの。こじれることはあってもね」

「だから、こうやって警察みたいに張り込んでいたんですか」

「まずは相手を知ることが重要なんだよ」

「それより、ここ、駐車禁止ですよ。お巡りさんに叱られますよ」

「お巡りさんって、駐在所の小林さんでしょ」

「……知ってるんですか」

「四十一歳。巡査長。奥さんと十二歳と九歳の息子さんの四人家族。趣味は釣り。柔道三段。合気道三段。座右の銘は〈果報は寝て待て〉。ほかに質問は?」

「………」

「あの家の事前調査で小林さんにも話を聞いたんだよ。ここで張り込むことも伝えてある」

「そこまで根回しを……」

「こっちはプロだから」

温子はカチンときた。

「事前調査で、なにかわかったんですか」

「いろいろとね」

「教えてください」

近藤和人が、少し逡巡《しゅんじゅん》する様子を見せてから、

「まあ、いいでしょう。まず、あの子が緘黙だってことは、学校も把握してる」

「学校にも行ったんですか」

「もちろん。ただ、緘黙の原因は、両親を亡くした事故だろうってことになってて、校医でもある精神科医のカウンセリングを受けるように指導しているらしいけど、受けている様子はない」

「事故の直後から緘黙に？」

「それが妙なんだよな。事故の怪我が癒えて退院して、いまの学校に転校した。そのときは、ちゃんと話すことができたらしいし、笑うことさえあった。成績も優秀。まあ、これはいまもそうらしいけど。それがなぜか、半年くらい前に急に声が出なくなって、表情も暗くなった」

「それなのに事故の影響？　変じゃありませんか」

「ただ、専門家の話だと、けっして珍しいことではないらしい。時間をおいてから影響が出てくるってのは」

近藤和人が目を細める。

「それとは別に、気になることがね」

「なんですか」

「母方の祖父に当たる老人がいっしょに住んでいるはずなんだけど、最近、見かけないんだってさ。ここ半年くらい。これ、お巡りさん情報」

「半年って……」

「そう。あの子の声が出なくなった時期と一致する」

「どういうことですか……」

「亡くなってるのかも」

「え……！」

「これは市役所の年金課も疑ってることなんだけど、証拠がないからどうしようもないってさ。まさか、強制的に家宅捜索するわけにもいかないしな」

この人は市役所の内情にまで通じているのか。彼の持つネットワークの大きさを垣間見《かいまみ》た気がした。

「どうして年金課が？」

「匿名の通報があったらしい。近所の人じゃないのかな。で、調べてみると、やっぱり怪しいと——」

「そうじゃなくて、年金になんの関係が？」

近藤和人が、そんなこともわからないの、という顔をした。

「死んじゃったら、家に年金が入ってこなくなるでしょ。親の年金が唯一の収入になっていたとしたら、残された家族にとっては死活問題だ。だから、死んだことを隠して、年金を不正に受けとるケースが増えてるってわけ。ときどき事件として報道されてるけど、ほんとに知らない？」

温子は身体を小さくする。

「……すみません」

近藤和人が、ま、いいや、と息を一つ吐いて、

「このケースでは、こういう推測も成り立つんじゃないかな。半年前に、あの子の祖父が死んだ。そのとき、あの家で、なにかがあった。そのせいで、あの子の声が出なくなった」

「なにかって……」

「たとえば、祖父が病気か事故で死んで、その死体を隠蔽《いんぺい》する現場に居合わせたとしたら？　小学生なら、ショックで声が出なくなっても無理はないと思わない？」

「とすると、死体を隠したのは、さっきのあの女性？」

「そう。可能性は低いだろうけど、もし故意に殺したとすれば、殺人だ」

「殺人……」

多喜は、そんな犯罪者と同じ家に住んでいるのか。

「だったら、すぐにでも多喜ちゃんをあの家から助け出さないと。児相で保護してくださいよっ！」

「落ち着いてよ。いまの話はぜんぶ推測に過ぎない。証拠はなに一つないんだから」

「でも――」

「駐在所の小林さんにも、気をつけてもらうように頼んである。いまのうちらには、そのくらいしか打つ手はないんだよ」

近藤和人が、ハンドルを忙《せわ》しなく指で叩く。

「死体遺棄でも、年金不正受給でも、なんでもいい。犯罪を立証するか、児童虐待の証拠を押さえられれば、裁判所に申し立てて職権による一時保護もできるんだけど」

ハンドルを叩いていた指を止め、温子に目を向ける。

「それはそうと、あなた……」

「島本です」

「島本さん、ここまで歩いてきたんですか」

「車を置いてきました。近くのショッピングセンターの駐車場に」

「ああ、ユアモールね。じゃあ送りますよ」

エンジンをかける。

「張り込みは、もういいんですか」

「刑事じゃないんだから、一晩中ここにいるわけにはいかないでしょ。僕にも生活があるし。こういうのは、長期戦を覚悟しないと」

ヘッドライトが灯り、動きだす。

「あの、方向が逆なんですけど」

「こっちからも行けますよ。任せてください。ここは僕の担当区だから」

近藤和人は、目をつむっていても平気そうなハンドルさばきで、迷路のような道の角を次々と曲がっていく。生活があるといっていたが、家族が待っているのだろうか。結婚しているのだろうか。なぜか、そんなことが気になった。

気がついたときには、車は国道に出ていた。ユアモールのポールサインが、華々しくライトアップされている。

「停めやすいところで降ろしてください」

近藤和人は、ユアモールの駐車場に車を入れ、空いているロットに停めた。

「ありがとうございました」

温子は、素直に礼をいって、車を降りる。

近藤和人が、運転席の窓から顔を出し、

「今後は、勝手に動かないでくださいね」

「わかってます。その代わり、なにかあったら、すぐに連絡ください」

「ケータイに、ですか?」

近藤和人の顔に、この日初めての笑みが広がる。

温子も、思わず笑みを返す。

「そうです。ケータイに」

「約束しましょう」

12

久野浪江は、聞こえよがしにため息を吐き、顔を背けた。

車窓の外を、パチンコ店、ドラッグストア、回転寿司のチェーン店が行き過ぎていく。車道のアスファルトはひび割れ、歩道と隔てる縁石も所々くずれている。生まれ育った町ではあるが、つくづく冴《さ》えない土地だと思う。

「まあ、聞け」

「聞いてる」

男がワンボックスカーの速度を落とした。道路工事中らしく渋滞している。ブレーキを踏んで停まった。前は廃材を山ほど積んだダンプカー。

「場所は、あの家だ」

「ホテルを使うんじゃなかったの？」

「最近はホテルのほうも、この手のイベントには用心深くなってる。怪しまれて警察に通報されたらアウトだ。それに……」

「それに？」

「費用も余計にかかる」

こっちが本音なのだ。

「あの家だって近所の目があるよ。じいさんのことを市役所に密告したのも、あの連中に決まってる」

きのう家に来たあの女も気にかかる。姉の知り合いだとかいっていたが、嘘の匂いがぷんぷんする。

「そこはちゃんと考えてある」

男が自分のこめかみを指さした。

いちいち腹の立つ仕草だ。

「おれも最初は、客を一部屋に集めて、あの子の撮影会をするつもりでいた。そのほうが、こっちは楽だからな」

「だから近所の目があるって――」

「黙って聞け！」

対向車線の流れが途切れた。前のダンプカーが真っ黒い排気ガスを吐いて動きだす。頭痛のするような匂いが、エアコンの風に乗って車内に入り込んでくる。男は気にする様子もなくアクセルを踏む。

「ちゃんと考えてるっていっただろ！　このやり方だと一度に大勢の人間が出入りすることになる。どうしても人目を引く。そんなことはわかってるんだよっ、おれだって！」

「……じゃあ、どうすんの」

工事現場を抜けると一気に加速した。

「撮影させるのは、三人ずつだ」

「どういう意味？　わかんないんだけど」

「頭の悪い女だな」

浪江は、あやうく舌打ちをするところだった。

「おれの計画は、こうだ。まず、客を三人ずつのグループに分ける。それぞれのグループに別々の時間を指定して、ユアモールの駐車場で待ち合わせる。時間になったら、そのグループの三人を、おれがこの車で拾って、あの家に連れていく。家に着いたら、あの子の撮影会だ。時間は三十分。終わったら、またユアモールに送り届けて、次のグループを拾ってくる。この繰り返し。一時間に一グループ消化するとして、朝から晩までやれば十サイクルはこなせる」

「どうして三人なの。一人ずつにすれば、もっと目立たないのに」

「おまえは、ほんっとに頭が悪いな」

男が、こんどは無遠慮に嗤った。

「一人ずつやってたんじゃ効率が悪いだろうが。逆に、四人以上では目立ちすぎる。三人がちょうどいいんだ。それに三人なら、自分一人じゃないってことで、客も安心するってもんだ」

そんな理屈、本気にできるものか。どうせ、口から出任せだ。それよりも肝腎な話が残っている。

「で、客からいくら取るつもり」

「五万」

「たったそれだけ？」

「世の中、不景気なんだ。それ以上にしたら、客が減る。かえって儲けも少なくなる」

「でも、小学生に売春まがいのことまでさせて、それで五万って——」

「売春じゃないっ！　撮影会だ。間違えるな！」

浪江は口を噤《つぐ》んだ。

「いいか。こういうのが警察にバレるのは、客が密告するからだ。密告者が出るのはなぜだ。高い金を払ったのに満足できなかったからだ。五万程度なら、そこまでする気にはならんはずだ」

「ほんと？　それ」

「疑うのか」

沿道に、さびれたラブホテルが見えてきた。この男と一度だけ使ったことがある。しかしワンボックスカーは、あっさりと前を通り過ぎた。

「念のために、はっきりさせておきたいんだけど」

「なんだ」

「水着姿の写真を撮らせるだけ？」

「そんな戯《ざ》れ言《ごと》、本気にしてたんじゃないだろうな」

「違うけど……」

「表向きは、あくまで水着の撮影会ということにしておくが、撮影会がはじまったら、おれたちは部屋から出て、客とあの子だけにする。そのとき、客が水着を脱ぐように要求するかもしれんし、あの子がそれに応じて水着を脱ぐかもしれん。それは、おれたちには関係ない。あの子の勝手だ」

「つまり、あの子には言い含めておくわけね。ていうか、脅しておくわけね。客にいわれたら、素直に裸になれって」

「その代わり客にも、商品に傷をつけるような真似をしたら、それなりの代償を払ってもらうと釘を刺しておく」

「何人くらい集まりそう？」

「二十人は固いな」

「十サイクルで三十人じゃなかったの？」

「それは最大値だ。ちゃんと人の話を聞いてろ」

「二十人で百万か……」

「分け前はフィフティ・フィフティだぞ」

「五十万？」

「不満か？」

「一億円くらい欲しい」

「頭、おかしいんじゃねえか」

男が、いきなりハンドルの中央を叩いてホーンを鳴らした。自転車に乗った中年女性が、強引に道路を横断しようとしていた。

「轢《ひ》き殺すぞ、ババア！」

男がアクセルを踏んだ。自転車の先を掠めた。

「一人五万って、ほんとなの？」

「なに？」

「客には十万っていってるんじゃないの？」

「おい」

ことさら声にドスを利かせている。

「おれがそんなせこい男だと思ってんのかっ！」

「そうじゃないけど」

間違いない。

この男、ピンハネするつもりだ。

「いいか。これがうまくいったら、毎月、撮影会をやるぞ。会員も、少しずつ増やしていく。きっと口コミで広がる。あの子を金の生《な》る木にしてやるさ」

吐き気がしてきた。

多喜に同情しているのでも、罪悪感を覚えているのでもない。この男の存在そのものが忌々しかった。自分を見ているような気分になるから。

浪江がこの男と出会ったのは、小さなカラオケ・スナック。最初に声をかけたのがどちらだったのか、憶えていない。呑んで、騒いで、歌をがなり立て、気がついたらホテルのベッドで裸になっていた。以来、たびたび会うようになったが、セックスしたのは、そのときの一度きり。会ってなにをするのかといえば、カネの話。うまい儲け話。といっても、首尾よく運んだところで、せいぜい数万、数十万にしかならないような、スケールの小さな話ばかり。それも、ほとんどは話だけに終始し、実際に行動を起こすことは滅多にない。珍しく実行に移したのが、今回の撮影会なのだった。

「あの子、処女なんだろ」

「そりゃそうでしょ」

「会員が増えてきたら、あの子と最初にやる権利を競《せ》りにかけてもいいいな。一千万くらい出す奴がいるかもしれねえぞ」

男が、涎《よだれ》を垂らさんばかりに笑った。

いつか自分はこの男を殺すかもしれない、と浪江は思った。

13

「だいじょうぶ?」

温子の言葉に、寺尾早月が浮かない顔でうなずき、食後のコーヒーを啜《すす》る。

このイタリア創作料理の店は、カウンター席が六つと、四人掛けのテーブルが四つあるだけのこぢんまりとした店構えで、オーナー夫婦が二人で切り盛りしている。女性一人でも気兼ねなく利用できる雰囲気があり、値段も手頃で美味しいので、温子もたまに使っていた。やはり女性に人気があるらしく、今夜もほぼ満席。店内いっぱいに、おしゃべりの声が舞っている。

「すいません」

寺尾早月が小さくいった。

「心配、かけてしまって」

「先輩風、吹かしたくはないんだけどね。いまのあなたの気持ち、すごくわかるから」

きょう、健一郎くんが双葉ハウスを去る日が、正式に決まった。

いくら里親に懐いているといっても、一歳後半は分離不安が激しいころだ。愛着関係を築いてきたマザーと完全に別れるとなると、子どもの受ける衝撃は小さくない。その衝撃を少しでも和らげるために、マザーである寺尾早月は今後、健一郎くんとの接触を減らしていかなければならない。これまでのように、思う存分愛情を注ぐことはできない。

寺尾早月の落ち込みようは、傍目《はため》にもひどかった。見かねた温子が、勤務が終わってから夕食に誘ったのだ。

温子はタコとエリンギのペペロンチーノを、寺尾早月はカルボナーラを、それぞれセットで注文した。食べているときは、健一郎くんやほかの子どもたちの話題には、あえて触れなかった。保育実習に来た学生の態度を愚痴り、野木事務長の頭髪の行く末を案じ、三浦施設長の悪口に花を咲かせた。寺尾早月はときおり笑顔さえ見せていたが、食事が一段落すると、陽気さを装う気力も失せたのか、相槌《あいづち》の言葉も発しなくなった。温子は、そろそろ頃合いと見て、健一郎くんのことを切り出したのだ。たぶん彼女も話を聞いてもらいたがっている。だから温子の誘いにも応じた。

寺尾早月が、カップをテーブルにもどし、彼女らしくない神妙な口調でいった。

「あたし、この仕事、辞めようと思うんです」

温子は驚かなかった。

自分もそうだったから。

「これからもこういうことがあるんだと思うと……ちょっと……あたし、耐えられないっていうか……」

「そうだよね。辞めたくなるよね」

寺尾早月はテーブルに目を落としたまま。

「でもね、一つだけ、考えてほしいな。あなたがこの仕事を辞めて、健一郎くんが喜ぶのか」

「だって、健一郎はどうせ、あたしのことなんか忘れてしまうじゃないですか……なのに、喜ぶも喜ばないも」

「そうかな」

寺尾早月が目を上げる。

「たしかに、双葉ハウスを出ていったら、健一郎くんは、あなたのことを忘れてしまうと思う。でも、ずっと忘れたままとは限らないんじゃない?」

「……どういう意味ですか」

「順調にいけば、いずれ健一郎くんは、あのご夫婦の特別養子となって、法的には実の親子として暮らしていく。でも、大人になるどこかの時点で、自分が両親の本当の子どもじゃないって事実を知ることになる。事実を知らされた健一郎くんは、最初になにを思うかな」

「そりゃあ、ショックだろうし……やっぱり、本当のお父さんとお母さんに会いたいって……」

「そうだね。きっと、自分の本当の親ってどんな人だろうって、思うよね。なぜかっていうと、わたしの想像だけど、自分のルーツっていうか、自分がこの世界に存在する土台を確かめたいって気持ちが、人にはあるからじゃないかな」

「土台……」

「それがなかったら、自分ていうものが、どこからか勝手に湧いてきたみたいじゃない？　それって、人として、とても寂しくて、悲しいことのような気がするんだよね」

「でも、健一郎の本当の両親は……」

「そう。行方不明。たとえ会いたいと思っても、まず、無理だと思う」

寺尾早月が、唇を嚙んでうなずく。

「健一郎くんは、自分を産んでくれたお母さんには会えないかもしれない。でも、赤ん坊だった自分を、我が子同然に育ててくれた人には、会える。でしょ？」

「いつか健一郎が、双葉ハウスにあたしを訪ねてきてくれると？　まさか……」

「実際に、そういう人がいたらしいよ」

寺尾早月が勢い込んで、

「ほんとっすか」

「わたしが双葉ハウスに来る前の話だけど、当時二十代の男性で、結婚することが決まってふと人生を振り返ったとき、自分の原点を確認したくなったって」

「それで……？」

「その男性は、事前に電話もなく、とつぜん双葉ハウスに現れたみたい。当時の施設長も事務長も、男性のことなんか知らないから、どうしたらいいのか戸惑ったみたいだけど、村田主任が男性の顔を一目見るなり、『あなた、○○ちゃんじゃないの？』って叫んだんだって」

「じゃあ主任が」

「その男性のマザーだったの。その人、知らないおばさんからいきなり名前を呼ばれて、びっくりしてたってよ」

「主任も、よく、わかりましたね」

温子も、以前はこのエピソードに半信半疑だったのだが、いまは納得している。自分も多喜を一目で見分けることができた。

「健一郎くんが双葉ハウスを訪れる日も、来るかもしれない。そのときに、あなたがそこにいるかどうかは、問題じゃない。だって、あなたの人生にも、これからいろいろあるだろうから。でも、自分の母親役を果たしてくれた人が、自分のせいでつらい思いをして、仕事を辞めたと知ったら、健一郎くん、悲しむんじゃない？」

「あたし、健一郎のせいでつらい思いなんかしてません！」

寺尾早月の瞳が、強く煌《きら》めいた。

「……とても、幸せでした」

涙が溜《た》まっていく。

顔を伏せる。

肩が震える。

温子は、ハンカチを差し出した。

寺尾早月が、受けとって、目を押さえる。

照れくさそうに笑顔をつくる。

「やだなあ……カッコわるい」

温子は、時計を見た。

「そろそろ、出ようか」

食事代は、

「たまには先輩らしいこと、させてちょうだい」

と温子が強引に払った。

十メートルほど離れた駐車場まで、無言で歩いた。夜の空気も暖かい。寺尾早月の愛車は、紫色の軽自動車。街の灯りを映したボディの前で温子に向き直り、

「きょうは、ほんとに、ごちそうさまでした」

しおらしく頭を下げた。

「辞めたり、しないよね」

「はい……」

しかしその顔は、ふっきれたというには、ほど遠い。

「でも……まだ、受け入れられそうにないです。自分が、もう、あの子の母親じゃないなんて」

「寺尾さん、勘違いしちゃダメよ」

温子の厳しい声が思いがけなかったのか、わずかな照明の下、寺尾早月が表情を強ばらせた。

「あなたは、もともと母親じゃない」

「それはそうですけど……」

「双葉ハウスのマザーは、母親とは違う。母親が担うはずの役割の一部を、代行させてもらっただけ」

「…………」

「もちろん、母親になった気持ちで担当児に接することは大切だよ。それができない人はマザーになる資格はないと、わたしは思う。でも、マザーは母親とは違うってことは、常に頭に置いておかないといけない。そこは、ちゃんと一線を画さないと」

寺尾早月が、悲しそうな笑みを浮かべる。

「健一郎にとって、あたしはもう用無しってわけですか」

「それは違う。あなたには、これからも、マザーだからこその、大切な仕事が残ってる」

「……？」

「健一郎くんの幸せを、心から祈ること」

寺尾早月が、拍子抜けした顔をする。

「それだけっすか」

「大切なことだと思わない？」

「ていうか……」

「たしかに健一郎くんは、あなたの存在を忘れて成長していく。でも、自分の知らないところで、自分の幸せを祈ってくれる人がいるという事実は、健一郎くんの心の深いところに、ちゃんと記憶される。そういうものが、なんていうのかな……いざというときに、健一郎くんに生きる力をもたらしてくれるんじゃないのかな。わたしは、そう信じてるけど」

寺尾早月が、うつむいて首を横に振り、

「あたしは……いやですよ。そんな、まどろっこしいの」

声を絞り出した。

「あたしは、もっと健一郎といっしょに過ごしたいんですよ。この手に抱っこしていたいんですよ！」

それができないことも、彼女にはよくわかっているはず。だから温子も、

「そうだよね」

としか、いわない。

「失礼します」

寺尾早月が愛車に乗り込み、エンジンをかけた。ヘッドライトを灯し、道路に出る。温子は、赤く光るテールランプを見送った。

あとは彼女自身の問題だ。自分の中で、もがき苦しんで、現実と折り合いをつけるしかない。あのときの、わたしのように。

温子も、デミオのドアを開けた。運転席に収まったとき、ケータイが鳴った。

画面を見ると、見覚えのない番号。

不審に思ったそのとき、脳裏に閃《ひらめ》いた直感が、皮膚をざわりと粟立《あわだ》たせた。

14

担任の永瀬が、白墨で黒板を叩きながら、口を動かしている。樫村多喜は、なにも聞かない。考えない。少しでも考えだすと、明日のことで頭がいっぱいになり、気が変になりそうだから。

永瀬や保健室の姫宮には、なんども相談しようとした。が、いまだに打ち明けられないでいる。二人とも表面上は優しくしてくれるが、本音では、できれば関わりたくないと思っているのではないか。その疑念がどうしても拭えない。要するに、多喜の目には、安心してすべてを委ねられる大人と映らなかったのだった。

永瀬が、教卓に両手を突っ張らせ、教室を見わたす。多喜は、視線を避けるように、机の上の教科書に目を移した。広げたページに、小数の練習問題が並んでいる。

〈6・425の千分の一の位はいくつですか?〉

答えは5。

簡単な問題だ。

しかし多喜は引っかかりを覚え、問題文を読み返した。

とくに変わった問題ではない。答えも5で正しいはず。それなのに、なぜ気になってしまうのか。

(……この数字の並び)

6425。

見ていると、安心するような、切ないような、悲しいような、妙な気持ちが湧いてくる。

どこかで見たことがあるのではないか。強く印象に残っているから、そのときの感情が蘇ってくる。でも、最近、数字の羅列を目にしたといえば、算数の授業やプリントくらいしか……。

胸に小さな光が閃いた。

あの人から渡された手書きのメモ。

そこに記してあった数字。

×××-6425-……。

(……そうだ。間違いない)

あの人のケータイの番号だ。

万引きしようとしたわたしを止めてくれた人。

こんなことしちゃダメだと叱ってくれた人。

わたしの身を案じて家まで来てくれた人。

わたしの手を握って、はっきりとこういってくれた人。

〈わたしは、あなたの味方よ〉

多喜は、数字をノートに書きとめた。

×××－６４２５－

問題はその先だ。

残りの四桁。

それさえわかれば、あの人に電話をかけられる。まだ声は出ないけど、あの人から名前を呼ばれれば、返事ができそうな気がする。声が出そうな気がする。だって、あの人は、わたしの本当のお母さんかもしれないのだから。

声が出たら、この目で見たこと、自分の身に起きたことを、ぜんぶ話そう。これまで、なにをさせられたか。なにをさせられそうになっているか。いま、わたしがどんな気持ちでいるか。そうすれば、もう一度、会いに来てくれるかもしれない。

きっと来る。

そして、わたしを救ってくれる。

そのためには……。

多喜は目をつぶり、記憶を探った。

あのときのメモ。

あの人の手書きの数字。

×××－６４２５－……。

おぼろげにイメージが浮かんでくる。

×××－６４２５－……。

見える。

もう少しで見える。

最後の四桁の、頭の数字は……。

×××－６４２５－

そのとき終業のチャイムが鳴り、見えかけていた数字を霧散させた。多喜は思わず目をあけて、教室のスピーカーを睨んだ。


六時限目が終わると、引き続いて帰りの会。

連絡事項を黒板に列記し、各種プリントを配布した永瀬が、

「遊びすぎて宿題忘れるなよ。月曜日にはちゃんと持ってくるように！」

いつもと同じセリフをいい、最後の挨拶をして一同解散。永瀬は多喜にちらと目をやったが声をかけることなく、弾むような足取りで出口に向かう。その後ろ姿に、

「きょうも姫ちゃんのところに行くの？」

女子児童が冷やかすと、

「悪いかっ」

開き直った答えが返ってきて、教室に悲鳴のような歓声があがった。

担任が去ったあとの教室には、机や椅子の物音があふれた。多喜は黙々と、ペンケースや教科

書、ノートをランドセルに入れる。

「あの二人、毎週デートしてるって、ほんと？」

「うん。お母さんが見たっていってた」

噂話に花を咲かせるクラスメートたちを背後に感じながら、一人教室を出た。

帰り道の途中にある弁当屋で、二百九十円の弁当を買った。お金は、朝、あの女から渡されていた三百円を使った。黙ってメニューを指さすだけの多喜に、店員は不愉快そうな顔をした。

家が視界に入ると、息の詰まる感じがする。一歩一歩、近づくにつれて、身体が重くなっていく。


石門柱の前で足が止まった。

「こんにちは」

声に振り向いた。

自転車に乗った警察官だった。

人なつっこい笑みを浮かべている。

「どうしたの」

多喜は、あわてて門を入った。

玄関には鍵がかかっていなかった。

警察官の目から逃れるように引き戸を閉めた。

多喜は、自分の中にある罪の意識を、はっきりと感じた。わたしは、あの男が祖父の死体をどこかへ運び去るとき、黙って見ていた。あの女のいうままに、化粧品を万引きした。そして、明日は……。

居間からテレビの音声は聞こえず、湿気を帯びた空気は静まりかえっていた。多喜は、弁当を手に提げたまま二階に上がる。弁当には手をつけず、壁際に座り込んだ。

×××－6425－……。

残りの番号さえ思い出せれば。

×××－6425－……。

あの人に電話さえかけられれば。

×××－6425－……。

しかし。

（……思い出せない）

多喜は、膝を抱えたまま、虚空を見つめた。脳裏を、過去のイメージの断片が過ぎっていく。育ててくれた両親の顔。幼いころの自分の写真。真実を告知された夜。病院で一人気がついたときの孤独。祖父との生活。その突然の死。あの男から感じた恐怖。悪夢のような出来事。初めて万引きをした日の絶望。二度目のときにあの人に手を摑まれた感触。そして。

〈ダメよ、多喜ちゃん。そんなことしちゃ〉

あの人の悲しそうな目。

〈もし、自分だけで解決できない問題にぶつかったら、遠慮なく電話して。仕事中は出られない

けど、留守電にメッセージを入れてくれれば、必ず会いに来るから〉

でも、教えてくれた番号がわからないよ。

ねえ、どうしたらいい。

多喜は目をつぶった。

涙がこぼれた。

(あ……)

目をあけた。

いま脳裏を過ぎった像の一コマに、あのとき手渡されたメモが、はっきりと映った。最後の四桁も読めた。立ち上がり、鉛筆を取ってノートの端に書き付ける。

たぶん、これだ。

いや、きっと、そうだ。

ここに電話をかければ、あの人に繋がるのだ。

家にあった固定電話は、基本料金がもったいないといって、あの女が取り外してしまった。でもユアモールには、硬貨の使える公衆電話があったはず。手元には、弁当のお釣りの十円が残っている。これで電話をかけられる。

多喜は、数字を記したページを破り、畳んでポケットに入れた。

空はうす暗く、国道はヘッドライトを灯した車が行き交っていた。ユアモールの駐車場も、半分以上埋まっていた。

多喜は、自転車やバイクで混雑する駐輪場の端に自転車を停め、自動ドアを入った。

公衆電話はすぐ左手にあった。あまり利用する人もいないのか、どことなく寂《さび》れた雰囲気を漂わせていた。多喜はその前に立って、ノートの切れ端を広げた。しかし、すぐには受話器に手を伸ばせなかった。

まだ声が出ない。出そうとすると、喉が固まって動かないのだ。あの人の声を聞いたら出せそうな気はするが、もし、それでも出なかったら……。

手元にあるのは十円玉一枚。電話できるのは一度だけ。その一度しかないチャンスを無駄にしてしまうことになる。

(どうしよう……)

天井のスピーカーから、ユアモールのCMソングが流れてくる。女性の明るい声が、ユアモールの名を連呼している。

(……この音楽!)

これを受話器越しに聞けば、ユアモールから電話をかけていることはわかるのではないか。ここは、あの人と最初に会った場所だ。特別な場所だ。あの人なら、きっと気づいてくれる。わたしが電話しているのだと。助けを求めているのだと。

多喜は、受話器を摑んだ。

書き付けた数字を見ながら、慎重にボタンを押していく。

×××－6425－××××。

耳に当てる。

呼び出し音が鳴る。

祈った。

出た。

(お母さんっ！)

『佐々木ですけど』

聞き覚えのない男の声だった。

『もしもし？　もしもし？……ぁんだよ』

切れた。

一枚しかなかった十円玉は、わずか数秒で、無意味な電子音と化した。

多喜は、茫然と、受話器をもどす。

崩れ落ちそうになる身体を、かろうじて支えた。

(そんな……)

あの人が教えてくれた番号はデタラメだったのか。わたしは騙されたのか。あの人も悪い大人なのか。

(……そんなことをする人じゃない)

メモをもう一度見た。

この番号ではないのだ。

どこかが間違っているのだ。

形のよく似た数字を誤って読み取ったのかもしれない。たとえば、8と3。5と6。1と7。7と9。いろいろ試していけば、いつかは正しい番号にぶつかるはず。でも、試すためのお金が、ない。

多喜は、メモをポケットに収めて、店を出た。

外は夜だった。

なにもかも呑み込まれてしまいそうな夜だった。

(このまま逃げてしまおうか……)

そう思ったのは一瞬だけ。逃げても必ず見つかる。希望を信じて裏切られるよりも、確定した絶望を受け入れたほうが楽だ。多喜は自転車にまたがり、排気ガスの漂う道をもどった。

家の灯りは点っていなかった。女はまだ帰っていないらしい。

玄関を入った。中も真っ暗だった。きょうのこの闇の濃さをずっと忘れないだろうな、と思った。

多喜は、照明も点けずに、廊下を進んだ。

居間の前を通り過ぎようとしたとき、とつぜんアイドル・グループの歌声が聞こえてきた。

あの女がいる。

じっと息を詰めたが、やはり人の気配は感じられない。

歌声は続いている。

そっと居間を覗くと、小さな赤い光が点滅していた。電灯のヒモを手探りで見つけ、引く。灯りが部屋に満ちる。赤い光は、あの女のデコまみれのケータイだった。テーブルの下に落ちている。

着信を知らせるライトが消えた。

歌声も止んだ。

考える前に、身体が動いていた。

多喜はケータイを拾い、二階に駆け上がった。部屋の灯りを点けてから、身を隠すように壁際に座り、ケータイをひらく。ロックはかかっていなかった。メモを見ながらボタンを押す。

×××－６４２５－

ここまでは正しいはず。

問題はその先。

多喜は、似た形の数字に入れ替えて押してみた。

『はぁい、だぁれ？』

若い女性が出た。でも、あの人じゃない。仕方なく無言で切った。イタズラだと思われただろうか。申し訳なく思いながらも、次の番号を試す。

また別人。男性。

次。

こんどは使われていない番号だった。

次。

女性。でも違う。

多喜は、縋るような気持ちで、思いつくかぎりの番号を押していく。

しかし、あの人には繋がらない。

次。

『あんた、しつこいよっ！』

いきなり怒鳴られた。

ほかの誰かと間違われたらしいが、多喜は自分が責められた気がした。

確信が揺らいでくる。

（ぜんぜん、違うのかも……）

あの人に会いたいあまり、デタラメな番号をあの人のものだと思い込んでしまったのかもしれない。わたしは、無駄なことをしているのかもしれない。それでも、ボタンを押し続けるほかに、いまの自分になにができるというのか。

多喜は押し続けた。

番号を入力し、発信し続けた。

しかし、あの人には繋がらない。

いくらやっても繋がらない。

何回目の入力だったたか。

×××－６４２５－

そこで指が止まった。
思い当たる番号はすべて試した。
頭の中は真っ白だ。
(もう……だめだ)
ほとんど無意識に四つの数字を押していた。
惰性で耳に当てる。
呼び出し音が鳴りだす。
相手が出る。
『はい……』
鈍くなっていた神経が、ぴくっと反応した。
『……島本ですが』
〈あ、そうだ。名前、まだいってなかったね。わたしの名前は、島本温子〉
あの人……あの人だ。
繋がったのだ！
とうとう繋がったのだ！
多喜は大きく息を吸った。
〈しゃべったら殺すぞ〉

喉が詰まった。
出ない。
やっぱり声が出ない。
多喜は心で叫んだ。
切らないで。
わかって。
『あなた、もしかして……』
そうです。
わたしです。
『多喜ちゃん……なの?』
胸に熱いものが弾けた。
わかってくれたのだ!
通じたのだ!
『いま、どこにいるの? おうち?』
どうすれば伝わるのか。
どうやって伝えればいいのか。
そのとき、容赦ない力が、多喜の手からケータイをもぎ取っていった。

冷たく暗い目が、多喜を見下ろしていた。

＊

「……多喜ちゃん？　もしもし？」

温子は、愛車デミオの運転席でケータイを手にしたまま、前方の闇を凝視した。心臓が鼓動を速め、脳細胞が猛然と火花を散らしはじめる。

多喜からだ。

温子は、一片の疑念もなく、確信した。九年ぶりに多喜の姿を見たときと同じ、圧倒的な感覚だった。

実際に耳に届いたのは、相手の呼吸音だけ。イタズラ電話の可能性もあるが、あの息づかいには、どこか幼さが残っていた。子どものものだった。

緘黙が治っていない以上、無言になるのは仕方がない。しかし多喜自身、声が出ないのをわかっていて、それでもなお電話をかけてきたのだとしたら……。

切実に訴えたいものがあった、ということになりはしないか。

気になるのは、通話が切れる間際に伝わってきた、物々しい気配だ。粘りつくような怒り、そして憎しみが込められていた。

発信元の番号はケータイのもの。

温子は、無駄と思いつつ、発信ボタンを押した。

呼び出し音が鳴りだしたが、直後に途絶えた。

もう一度、試した。

同じことだった。

さらに繰り返した。

こんどは電源が切ってあった。

多喜の叔母だと名乗ったあの女の顔が浮かぶ。近藤和人によると、名前は久野浪江。まともな神経の持ち主とは思えないあの女が、いま、多喜といっしょにいるのか。その女が通話を力ずくで遮断したのか。

温子は、近藤和人に電話をかけた。

『なに?』

面倒くさそうな声が返ってきた。

「双葉ハウスの島本です。多喜ちゃんのこと、どうなってますか」

『ああ……ええと……新しい情報はないと思うけど』

「たったいま、多喜ちゃんから電話がかかってきたんです」

『あれ、あの子、緘黙じゃなかったっけ』

「電話口では終始無言でした」

『それ、ほんとにあの子から?　イタズラ電話じゃないの?　どうしてあの子だと——』

「わからないわけないでしょうっ！」

自分でいっておきながら、どうしてここまで断言できるのだろう、と不思議に思う。

「でも多喜ちゃんなんです。間違いありません。言葉はなくても、なんていうか……会いに来てほしいっていう思いを感じたんです」

『おたくら、なに、テレパシーでも使えるの？』

「ふざけないでくださいっ！」

『ふざけちゃいないけどさ……いや、たしかにテレパシーはふざけてるな。申し訳ない』

温子は、苛立ちを抑えながら、

「すぐに切れてしまって、それも、別の誰かに強引に切られたような感じだったんです。だから、多喜ちゃんの身になにかあったんじゃないかと心配で」

受話口の向こうから、男の怒声が漏れてきた。背後の気配から察するに、そこは児相の事務所らしい。まだ仕事中なのだ。しかし、この悲しい響きを帯びた叫びは、いったい……。

「あの……お取り込み中ですか」

『うん、このあいだ一時保護した子の父親が怒鳴り込んできてんの』

「子どもを虐待していた……？」

『実親だよ』

耳を澄ますと、

〈てめえら、なんの権利があっておれの息子を隠したぁ！〉

といっている。

『まあ、こんなのはしょっちゅうだし、この程度のことにビビってちゃ子どもは守れないからね。それに、吐き出せるだけ吐き出したら、たいていの親はおとなしくなるもんなのよ』

近藤和人の声からは気負いを感じない。あくまで飄々《ひょうひょう》としている。

こんどは女性職員の悲鳴が聞こえた。

カップの割れるような音も。

「……だいじょうぶですか」

『ううん……きょうの相手は手強《てごわ》いなぁ。味方が苦戦してる。援軍が必要になるかも』

背後がますます騒々しくなってくる。怒号、悲鳴が飛び交い、まさに修羅場そのもの。その割に、近藤和人の声は相変わらず呑気《のんき》だが。

「あの……わたし、いまから多喜ちゃんの様子を見に行きますから」

『え、なに?』

「多喜ちゃんの家に行きますから!」

『えっ?　聞こえない!』

「もういいです!」

切った。

胸騒ぎは収まらない。

あの子が呼んでいる。

助けを求めている。

行かなければ。

（こっちにも修羅場が待っているかもしれないな……）

温子は、デミオのエンジンに火を入れた。

*

「なにやってんの？　人のケータイ勝手に弄《いじ》って」

あの女が、多喜を見下ろしていた。

着信音が鳴った。

女が、ケータイをちらと見て、すぐに止めた。

また鳴りだした。

「うるせえんだよっ！」

止めた。

電源を切った。

あらためて、多喜に目を定める。ケータイを突き出して、

「誰？　誰に電話してた？」

多喜は、震えながら、首を横に振る。

「いえよ、こら」

多喜は、首を振り続けるしかない。

「おまえの仕草は、いっつもイライラすんだよっ！　いいかげん、しゃべれっ！　があぁぁぁあぁぁっ！」

正気を疑いたくなるような叫びだった。人間は、こんな声も出せるのか。

「まあ……いいよ……こっちにはわかってんだから」

女が、いまにもケータイを投げつけそうな勢いで、荒い呼吸を繰り返す。

「このあいだのケータイの番号だろ？　後生大事に持ってたやつ」

女が、多喜の目の前で腰を落とす。

「そんなにいい男だったのか？　あん？　生まれて初めて男に声かけられて、その気になって」

ケータイで多喜の頬をぴたぴたと叩く。

「どうしても声を聞きたくなって、人のケータイまで盗むか。あ？　子どもの顔してても、やっぱり女だ。末恐ろしいや」

勘違いしている。ライターで燃やしたメモに記してあった電話番号が、多喜をナンパした男のものだと思い込んでいる。

「思い上がるんじゃないよ」

不気味なほど、静かにいった。

「おまえを殴らないのは、明日があるから。痣だらけの身体を客に見せるわけにはいかないから。

な、感謝しろよ、こら」

多喜はうなずいた。

いきなり衝撃を感じて思考が飛んだ。視界いっぱいに白い点が煌めいた。頭を思い切り叩かれたのだと気づいた。

「ばぁか」

女が腰を上げた。

＊

デミオのハイビームが、久野家の石門柱を捉えた。温子はさらにスピードを落とし、車を端に寄せる。近藤和人が軽自動車を停めていた同じ場所でブレーキを踏み、ヘッドライトを消してエンジンを切った。

ひっそりとした夜の路地。

ごちゃごちゃと立ち並ぶ民家の窓灯りと、申し訳程度の白色街灯が、闇に浮かんでいる。ときおり車が行き過ぎるほかに、人通りもない。

温子は、愛車のドアを開けた。生暖かい空気が入ってきた。運転席から地面に降り立つ。周囲に目をやる。誰もいない。いや、この闇では、誰かが潜んでいてもわからない。

温子は、ゆっくりと息を吐いた。

神経が張りつめてくる。
一歩、踏み出した。
足音が響いた。
久野家の石門柱。
前に立つ。
窓に灯りは点いている。
一階と二階。
テレビの音声は一階からか。
人の声は聞こえない。
石門柱を入った。
飛び石のアプローチを進み、玄関のチャイムを押す。
反応を待つ。
なにも起こらない。
もう一度、鳴らした。

＊

多喜は顔を上げた。

いま、聞こえた。

チャイム。

誰かがうちに来ている。

また鳴った。

多喜は壁際から立ち上がっていた。

階段の下り口から階下の気配を探った。

あの女は居間から動かない。

テレビの前から動かない。

またチャイム。

女が、ようやく動いた。

廊下を移動する。

「誰よ？」

外から返ってきたであろう声は、二階までは伝わらない。しかし、女の放った忌々しげな言葉に、多喜は飛び上がりそうになった。

「また、あんたかい」

確信した。

あの人だ。

あの人が来てくれたのだ。

ちゃんと通じていたのだ。

（お母さんっ！）

すぐにでも駆け下りたかった。でも、足が前に出ない。いま行かないと後悔する。絶対、後悔する。わかっていても動けない。

「ダメなものはダメ。さっさと帰らないと警察を呼ぶよっ！」

帰らないで。

わたしはここです。

ここにいます。

「いいかげんにしろよ、こらっ！」

玄関の開く音。

あの女が開けたのだ。

そして聞こえてきた声。

「お願いします。多喜ちゃんに会わせてください。会わせてもらえるまでは帰りません。警察を呼ぶなら呼んでください」

多喜は胸が熱くなった。

あの人の声。

優しさと、強い意志を持った声。

「なんだと……こら……ほんとに呼ぶぞ」

「警察が来て困るのは、そちらじゃないんですか」

＊

「警察が来て困るのは、そちらじゃないんですか」

温子の言葉に、女の顔色が変わった。目を眇めて、温子を睨みつける。

とつぜん立ちこめた沈黙に、テレビの明るい音声が滑っていく。

「……あんた、なにを知ってる」

温子が面食らう番だった。この女、いま自分がなにを口走ったか、わかっているのか。やましいところがあると認めたようなものではないか。

「あるんですね。警察に来られると困ることが」

ようやく自分の失言に気づいたのか、顔が怒りに染まった。

「多喜ちゃんに、なにかしたんですか。殴ったり怒鳴ったり……それとも、もっと酷いことを」

「おまえ……殺すぞ……」

背筋がぞっとした。

が、ここで怯《ひる》むわけにはいかない。

「多喜ちゃんに会わせてください。でなければ、ここに警察の人を連れてきます。わたし、これでも駐在所の小林さんとは面識があるんです」

「あたしを脅そうたって……」

「会わせてください。多喜ちゃんに。多喜ちゃんと話をさせてください。多喜ちゃんの無事を確認させてください」

女が顎を突き出した。

「会いたければ、力ずくでやりな」

ここまで頑なに拒むということは、ほんとうになにかあるのだ。近藤和人のいっていた年金不正受給だけではない、多喜の身に関わるようななにかが。

きょうだけは、このまま引き下がることは、断じてできない。

「……なんだ。やる気か？　あん？」

温子は、相手の顔を貫くように見据えた。

「会わせてください、多喜ちゃんに」

女が、歯を剝いて顔を歪ませた。

＊

多喜の目からは、涙があふれて止まらない。

やっぱりお母さんだ。

わたしのお母さんだ。

だから、ここまで乗り込んで、あの女と対決してくれる。わたしを助けるために。

もう、だいじょうぶなんだ。

わたしは、ひとりぼっちじゃないんだ。

安心していいんだ。

「お母さん……」

それが心の声なのか、本当の声なのか、多喜にはわからない。

「……助けて」

大きく息を吸った。

喉から魂が迸《ほとばし》った。

「お母さんっ、助けてっ！」

＊

「お母さんっ、助けてっ！」

声。

多喜の声。

わたしを呼ぶ声。

助けを求める叫び。

視界が異様なほど鮮明になった。頭よりも先に身体が反応した。温子は靴を脱ぎ捨てて上がった。

「てめえ、勝手に人の――」

両手で女の胸を突いた。重い手応え。女が転がった。温子は廊下を走った。

「多喜ちゃんっ！　どこにいるのっ！」

「お母さんっ！」

階段を駆け下りてきた。多喜。胸に飛び込んできた。温子は抱きしめた。腕に力を込める。

「多喜ちゃん……怪我はない？　だいじょうぶ？」

「おじいちゃんが死んじゃった、どこかに連れていかれた、怖い男が来て、連れていっちゃった、わたし、ひとりになっちゃった、悪い子になっちゃった、わたし、悪い子に――」

多喜の口から、うわ言のように言葉が漏れてくる。

「だいじょうぶ、もう、だいじょうぶだから……！」

後頭部に熱が炸裂《さくれつ》し、目の前が真っ暗になった。

うっすらと光がもどったとき、自分が倒れていることに気づいた。無意識に両手で後頭部を押さえていた。吐き気がする。視界に霞がかかっている。焦点がぼやけている。

多喜はどこだ？

探す。

人影。

多喜？

違う。

あの女。

多喜の叔母。

久野浪江。

手になにか持っている。

真っ赤なパンプス。

玄関に脱ぎ散らかしてあったやつ。

あんなもので頭を殴られたのか。

「おまえか……」

久野浪江の瞳が、暗く底光りしている。じりじりと迫ってくる。

「……ぜんぶ、おまえのせいだったのか」

温子には、いっている意味がわからない。

「おまえがやったんだろうっ！」

温子は、弱々しく首を振った。左手で後頭部を押さえ、右肘を突いて、身体を引きずるように後じさる。腰から下に力が入らない。立てない。頭が少しくらくらするくらいで、血は出ていないようだし、意識もはっきりしている。パンプスで頭を一発殴られたくらいで、人は死なない。大した怪我もしない。それでも温子は、立てなかった。

「おまえさえいなけりゃ、あたしもこんなふうにならなかったんだよっ！」

女が、火を吐くように怒鳴りながら、パンプスを投げつけた。温子は両手で頭を守って目をつぶった。数センチと離れていないところで激突音が弾けた。

目をあけると、久野浪江が、視線を忙しなく周囲に走らせていた。なにかを探している。玄関に向かう。靴箱の裏側に手を入れる。ほどなく引き出された手に握られていたのは、うす汚れた野球のバット。表面に厚く積もっていたのか、埃が煙のように舞い上がった。久野浪江が振り向いて、にやりと歯を剝く。あんなもので殴られたら、こんどこそ死んでしまう。

逃げなきゃ。

でも立てない。

足に意思が伝わらない。

久野浪江が、両手でバットを握り、もどってくる。

「よくも……よくも……よくも……あたしの人生をむちゃくちゃにしやがってえっ！」

バットを振り上げた。

温子は頭を抱えて目をつぶった。

息を詰めて衝撃に備えた。

「多喜、どけっ！」

はっと目をあけた。

多喜。

温子を守るように両手を広げ、久野浪江の前に立ちはだかっていた。

「多喜ちゃん……だめ……逃げなさい」

久野浪江が、バットをさらに高く掲げた。

「おまえも殺すぞ。どけっ！」

「どかないっ！」

「……なめてんじゃねえぞ。明日が撮影会だからって、自分に手出しできないなんて思ってんじゃないだろうな」

撮影会？

なんの？

多喜になにをさせるつもりなのだ。

「痣だらけの身体のほうが興奮するってヘンタイだっているんだよっ！　どけっ、ほんとに殺すぞっ！」

やはり多喜を金儲けの道具に……。

温子は怒りに歯を食いしばった。

立たなきゃ。ここで立たなければ、なんのために自分が来たのか、わからないではないか。

「どけっ！」

「どかないっ！」

それにしても、これが十一歳の子どもの声だろうか。大人の自分でさえ、暴力を前に身体がいうことを聞かないというのに。いったい、この幼い身体のどこに、そんな力があるのか。

「おまえっ！」

「どかないっ！」

思いがけない静寂が、辺りを包んだ。久野浪江も、多喜も、申し合わせたように口を噤み、声一つ発しない。その空隙《くうげき》を埋めるように、居間でつけっぱなしのテレビの音声が、場違いな笑いを運んでくる。バラエティ番組でもやっているのか。笑いが途切れ、台所洗剤のコマーシャルに変わった。どうしたのか。なにが起こったのか。温子が不思議に思ったとき。

久野浪江が、ほとんど口を動かさずに、呟《つぶや》いた。

「お父さんなんか……早く死んじゃえ」

聞き間違いかと思った。発音も不明瞭だった。しかし温子の耳には、たしかにそう聞こえた。

その言葉を境に、久野浪江の様子がおかしくなった。バットを握る腕の強ばりが解け、力み上がっていた肩がすとんと落ちた。頰はだらりと垂れ、口が締まりなく開いた。両目は相変わらず多喜に向けられているが、そこに燃えさかっていた憎悪はすでにない。

いま、この女は、多喜の姿になにを見ているのか。

久野浪江の頰が、ひくひくと震えだした。コマ送りのように、表情が少しずつ崩れていく。目に涙が溜まっていく。それでも泣くまいとしているのか、顔が無様に歪む。目をつぶった。大粒の涙が落ちた。

（いまだっ！）

温子は、腕を突いて立った。立てた。多喜を横に押しのけ、振り上げられたままのバットに飛びついた。久野浪江はほとんど抵抗せず、バットをあっさりと手放した。温子はバットを身体に引き寄せて握りしめた。

ほぼ同時に、久野浪江がその場にへたり込んだ。両手を投げ出し、天井を仰ぎ、大きく口を開けた。

そこから噴き出てきたのは、内臓を絞り出すような、恐ろしい慟哭《どうこく》だった。悲嘆、後悔、憎悪、憤怒。長年堆積してきたすべてを、一気に吐き出しているかのようだった。これが人間の壊れる瞬間なのか……。

多喜が、温子の腕にしがみついた。温子も多喜の肩を抱いた。久野浪江の慟哭は、いつ果てるともしれない。

「多喜ちゃん、行こう」

多喜の肩を抱いたまま、玄関に走った。

廊下の端まで来たとき、引き戸の歪みガラスに人影が映った。戸が開いて現れたのは、温子の知らない男だった。小脇に缶ビールのケースを抱えている。玄関に一歩足を踏み入れたところで、温子に怪訝《けげん》な目を向けた。

「なんだ、あんた?」

温子は、ぎゅっと多喜を抱き寄せた。

「その子をどこに連れていく気だ」

男が、首を伸ばして、家の奥を覗き込む。

「おいっ、なんだこいつ。なに泣いてんだっ！」

しかし久野浪江から返ってくるのは嗚咽《おえつ》だけ。

「多喜ちゃん……この人は？」

「悪い人。この人が、おじいちゃんを……」

男が、えっという顔をしてから、顎をしゃくった。

「中にもどれ。話はゆっくり聞かせてもらう」

男が背を向けて玄関の戸を閉める。

温子の手には、まだバットが握られている。

「多喜ちゃん、逃げなさい」

温子は、多喜を脇に避けさせてから、バットを握り直した。

男が振り向く。

温子はバットを短く振り上げ、男に殴りかかった。男が缶ビールのケースを楯《たて》にして受けた。そのまま押し返され、温子は背中から倒れた。手から離れたバットが床に転がった。

「ふざけんな、この……てぇっ！」

多喜が男の手に噛みついていた。

「こ、このガキ！」

男が拳を振り上げる。温子はその拳に身体ごとぶつかっていった。男が温子もろとも玄関に倒れた。温子は男の上に覆い被《かぶ》さった。

「多喜ちゃん、逃げなさいっ、早くっ！」

「お母さんっ！」

「お巡りさんを呼んできて！　駐在所にいる！　お願いっ！」

「なんなんだ、この女！　どけっ！　おい、逃げるなよ、逃げたら殺すぞ！　この女も殺すぞ！」

「行きなさいっ！」

「お母さん……」

「多喜ちゃんっ！」

「はいっ！」

多喜が戸を開けた。駆け出ていく。

「ばかやろうっ！」

温子の脇腹に拳が入った。息ができなくなった。男が温子の身体を足で押し離した。

「ちっくしょうっ！」

男が多喜を追おうとする。温子はその左足に飛びついた。男が崩れるように横倒しになった。

多喜には指一本触れさせるものか。こんどはわたしがあの子を守る番だ。

「くそっ、いいかげんにしろ、このやろうっ！」

男が、右足で温子の頭を踏みつける。踏みつける。踏みつける。

「離せっ！　離せっ！」

蹴ってきた。温子の頭。肩。腕。なんども蹴ってきた。温子は、繰り返し襲ってくる激痛に耐え、男の足に全力でしがみつく。離すものか。離すものか。死んでも離すものか。一秒でも長くこの男を引き留めてやる。あの子が逃げるための時間を稼ぐのだ。

「しっつこいんだよ、なんなんだよ、おめえはよっ！」

ひときわ強烈な蹴りが二の腕を直撃した。一瞬、腕全体に力が入らなくなった。弛んだ隙に男が足を引き抜いた。温子は気力を振り絞って立った。よろめきながら男を追う。しかし、男はすでに飛び石のアプローチを駆け抜け、石門柱のところに達していた。温子は、がくんと膝が折れ、玄関を出たところで両手を突いた。

（……神様、どうか多喜ちゃんをっ！）

とっくに走り去ったと思われた男が、まだそこにいた。後じさりながら、石門柱をもどってくる。

「な……なんですか」

愛想を含んだ声を、闇に向けて発する。

闇の中から現れたのは、駐在所の小林巡査長だった。そして、その傍らには、多喜。白いソックスが埃や土で汚れている。

「この人です！」

男に指を突きつけた。

「この人が、お風呂で死んだおじいちゃんを、車に乗せてどこかに連れていったんです！　そのことをしゃべったら殺すって、わたしにいったんですっ！」

「ば……いや、嘘ですよ」

「その子のいうことは、ほんとうです」

温子は立ち上がった。

「お母さんっ！」

多喜が男の横をすり抜け、温子に飛びついてきた。声をあげて泣きだした。

「多喜ちゃん……よく……」

温子は、多喜の身体を優しく包み込み、頭に頬を寄せた。

「事情を聞かせてもらえますか」

小林巡査長は柔和な顔を崩さない。

男がどぎまぎして、

「いやあ、事情ったって……べつにおれは……あ、そうだ」

温子を指さした。

「お巡りさん。騙されちゃいけませんよ。悪いのはこの女です。この子を誘拐しようとしてたんです。だからおれは、この子を守ろうとしただけなんです。早くこの女を逮捕してくださいよ。勝手に人の家に入り込んで、これって住居不法侵入でしょう。ね、これだけでも犯罪でしょうが」

「あの子は、お母さんと呼んでますよ」

「だから、あの子も騙されてるんですよ。ほんとに悪い奴なんです。おれだって、さっきバットで殴られかけたんですから。ほら、あそこに転がっているでしょう。あれでやられそうになったんです。ほんとですよ。もう少しで死ぬところだったんだから」

「違いますっ！　悪いのは、その男の人ですっ！」

多喜が温子から身体を離し、男と対峙《たいじ》した。

数秒間、二人が睨み合った。

多喜が身を翻し、玄関に入った。廊下を走り、階段を駆け上がっていく。男も、小林巡査長も、ぽかんと見ている。ようやく泣きやんだらしい久野浪江は、茫然自失の体《てい》で座り込んでいて、目の前を多喜が横切ったことにも気づいていない様子だった。

ほどなく多喜がもどってきた。手には小さなピンク色の布。多喜が、その布を広げ、男と小林巡査長に突きつけた。

「これ、その男の人が持ってきた水着です。わたし、明日、お客さんの前でこれを着るように命令されました。お客さんからいわれたら、それも脱いで裸になれって、命令されましたっ！　そうしたら、お金がいっぱいもらえるからって、儲かるからって……」

華奢《きゃしゃ》な肩が、痛ましいほど震えている。いまにもバラバラに壊れそうだった。

温子は、そっと腕を下ろさせ、細い身体を抱きしめた。

「多喜ちゃん、もう、いいのよ。あなたは、勝ったの。自分の力で、勝ったの」

「嘘ですよ。女にいわされてるだけですよ。あんな水着なんて、おれは見たこともない。悪いのはあの女なんですよっ！」

「とぼけるのも、そのへんにしなさいよ」

小林巡査長の声音が変わった。

「とぼけるなんて……」

男が気圧《けお》されたように、後の言葉を呑んだ。

小林巡査長が、温子に目を移し、

「あなたはたしか、島本さん……でしたよね。先日、防火水槽の前に車を停めていた」

温子は思わず笑みを返す。

「憶えていてくださいましたか」

「実はさきほど、児童相談所の近藤さんから電話をいただきまして、あなたがこちらに向かったようだから、様子を見てきてほしいと」

「近藤さんが……」

「まったく、図々しいというか、人使いの荒い人ですよね。でもまあ、私も気になっていたので、警らついでに立ち寄ってみることにしたんです。そうしたら、その子が靴も履かずに逃げてきまして」

小林巡査長が、男を睨みつける。

「そういうわけだ。もともとマークされてたんだよ。言い逃れは利かない。観念したほうがいいね」

男が、いきなり小林巡査長に殴りかかった。血迷ったとしかいいようがなかった。小林巡査長が、半身になって軽くかわしたかと思うと、男の腕を背後にねじり上げ、あっという間に地面に押し倒した。公務執行妨害で逮捕すると厳しく告げ、男の手に手錠をかけた。

「あああぁぁ、くっそおぉぉぉぉっ！」

男が、がっくりと項垂《うなだ》れた。

＊

久野家の前には、赤色回転灯を灯した警察車両が停まっている。その傍らで顔を突き合わせて話し込んでいるのは、小林巡査長と、私服の刑事らしき男性と、連絡を受けてたったいま駆けつけたばかりの近藤和人、そして近藤和人と同じく児相の職員である女性。女性は初めて見る顔だった。温子と同年代だろうか。

愛車デミオの運転席に腰を落ち着けた温子は、フロントガラス越しの光景を、夢を見るような心持ちで眺めていた。

「たぶん、あなたのことを話してると思う」

助手席の多喜は、さっきから押し黙っている。どうしたのだろう。なぜ話さないのだろう。まさか、緘黙状態にもどってしまったのでは……。

「あの」

多喜が、ようやく声を発した。

温子は、内心ほっとしながら、

「なに」

多喜が、思い切ったように顔を向けてきた。

「あなたは、わたしの、ほんとの……お母さんなんですか」

縋るような眼差しに、温子は胸が締めつけられた。この問いが、ずっと多喜の心を占めていたのだ。多喜にとって、全存在をかけた問いなのだ。この問いを口にすることが、どれほど勇気の要ったことか。だからこそ、逃げたり、はぐらかしたりすることは許されない。

温子は、シートに座り直して、多喜と向かい合った。

「ごめんなさい。わたしは、あなたの、お母さんじゃない」

多喜の顔が悲痛に歪む。

温子は目を逸らさない。

逸らしてはいけない。

「わたしは、双葉ハウスという乳児院の保育士です。双葉ハウス、聞いたこと、ある?」

多喜が首を横に振る。

「多喜ちゃんは、自分がお父さんとお母さんの本当の子どもじゃないって、いつ知ったの」

「……両親が亡くなる、ちょっと前です」

「そう……そのとき、どう思った」

「ショックだったけど……お父さんとお母さんは、わたしたちはずっと家族だっていってくれたから、わたしも、そうなんだって……」

温子は、樫村夫妻に心から感謝した。

「わたしが、あなたのご両親を知っているというのは、嘘じゃない。ご両親があなたを引き取ったとき、あなたはまだ二歳だった。それまでのあなたは、双葉ハウスで暮らしていたの」

多喜の瞳に、小さな光が弾けた。

「あなたは、生まれた直後に双葉ハウスにやってきて、二歳までそこで暮らした。その二年間、あなたの母親役を務めたのが、このわたし」

「ほんとのお母さんじゃ……ないんだ……」

多喜が、硬い表情で、つぶやいた。

「でも、わたしは、多喜ちゃんのことを本当の娘のように思ってるよ」

「わたしの本当のお母さん、どこにいるんですか」

「それは……わたしたちにも、わからない」

多喜が、うつむいた。膝の上で両手を握りしめる。

「あのね、多喜ちゃん――」

デミオのウィンドウをノックする音。

近藤和人と児相の女性職員が立っていた。

温子はドアを開け、デミオから降り立った。

「話はつきましたか」

「多喜ちゃんは、児童相談所で一時保護します」

近藤和人が答えた。

「では、いまから？」

「僕たちと保護施設に向かいます」

温子は、デミオの助手席の多喜に声をかけ、事情を話して近藤和人たちを紹介した。

近藤和人は、車から降りた多喜に、あらためて自己紹介してから、

「叔母さんも罪を認めて、警察に連行された。当分、帰ってくることはないけど、君を一人あの家に残しておくこともできない。わかるよね」

多喜がうなずく。

女性職員が引き取って、

「多喜ちゃんには、いまから私たちと、児童相談所に行ってほしいの。そこには、いろいろな理由で親と暮らせなくなった子どもたちが、一時的に避難するための施設がある。しばらくそこで暮らしながら、今後のことを相談しましょう。多喜ちゃんも、急なことで戸惑っているだろうし、気が進まないとは思うけど」

「わたし、行きます」

多喜が、はっきりといった。

女性職員が笑みを浮かべる。

「ありがとう」

近藤和人も、多喜を見守りながら、温かく微笑んでいる。こんな優しい表情をすることもあるのだ。

「じゃあ、学校で使うものや、身の回りのものだけでも、家から持ってこようか」

近藤和人が、目配せをした。それを受けた女性職員が、多喜を連れてふたたび久野家に向かう。

「ところで」

近藤和人が、さっきまでの温かい微笑みを消し、温子に冷ややかな視線を向ける。

「ほんと、むちゃしますね、あなたは」

「でも、多喜ちゃんは助けを求めていたんです。わたしが来なかったら――」

「それならそれで、もう少し考えて行動に移すべきです。闇雲に突っ込めばいいってもんじゃない。それはただの無謀です」

「そこまでいわなくたって……」

温子は、年下の男性から真剣に説教されて、涙が滲みそうになる。

「小林巡査長が駆けつけなかったら、多喜ちゃんだけじゃない、あなただってどうなっていたか、わかりませんよ」

ぐうの音も出ない。

「小林さんに電話した僕のファインプレーだってこと、忘れないように」

「それをいいたかったんですか」

「あなたは、とりあえず病院に行ってください」

「わたし？　どうして」

「怪我してるんでしょ。身体のあちこち蹴られて」

「平気です。このくらい」

「きちんと診てもらってください」

「あら、心配してくださってるんですか」

近藤和人が、なにを馬鹿な、という顔で、

「ちゃんと診断書もらっておかないと、裁判のときに必要になるかもしれないでしょ」

「わたしも一応、突き倒したり、バットで殴りかかったりしたんですけど……いいんでしょうか」

近藤和人が目を剝いた。

「あれ、ほんとだったの？」

温子はうなずく。

近藤和人が頭をがりがりと搔いて、

「まあ、二人とも怪我はしてないらしいし、状況が状況だから、たぶん、罪には問われないでしょう。とにかく、いまは病院に行ってください。この辺で夜間診療に対応している病院、わかります？」

「そのくらいは頭に入ってます。わたしも乳児院の保育士ですから」

近藤和人が、ひょいと眉を上げた。

ほどなく多喜が、女性職員ともどってきた。ランドセルを背負い、両手にも衣類と思しき荷物を提げている。

「最低限のものだけね。必要なものは、あとで取りに来ればいいから」

と女性職員。近藤和人もそうなのだが、場違いなほど声が明るい。この仕事、意識して明るく振る舞わなければ、やってられないのかもしれない。

「多喜ちゃん、また会いに行くからね」

しかし多喜は、うつむいたまま、応えてくれない。失望させてしまったのだ。

「ごめんね。あなたの、本当のお母さんじゃなくて……ごめんね」

近藤和人と女性職員が乗ってきた軽自動車は、デミオの後方に停めてある。

「さ、行こうか」

近藤和人の声に促され、多喜が軽自動車に向かう。女性職員が後部座席のドアを開けた。多喜が、頭を下げて、乗り込もうとする。うつむいたその横顔が、とても悲しげだった。

「多喜ちゃん！」

温子は、堪らず声をかけた。

多喜が、顔を上げて振り向く。

温子は、近藤和人たちに負けないくらい明るい声で、

「こんど、双葉ハウスに遊びにいらっしゃい。あなたが二歳まで暮らした家。あなたのことを憶えている人たちもいるんだよ。待ってるから」

しかし多喜は、つらそうに目を伏せるだけで、やはり応えてくれなかった。

*

〇〇県警捜査一課などは、××日、死体遺棄の疑いで、同県〇〇市の無職、牛村浩次容疑者(44)を再逮捕、同じく無職、久野浪江容疑者(43)を逮捕した。

発表によると、××日午後九時ごろ、久野容疑者と同居していた姪(11)から、同じく同居していた父親(74)の所在が分からないと相談を受けた〇〇署員が久野容疑者宅にかけつけ、居合わせた牛村容疑者から事情を聴こうとしたところ、いきなり牛村容疑者が殴りかかってきたため公務執行妨害で現行犯逮捕した。その後の取り調べで久野容疑者が「牛村容疑者に依頼して父親の遺体を隠した」と供述。牛村容疑者も犯行を認めたため、自供に基づいて〇〇山中を捜索したところ、××日、遺体を発見した。県警は遺体が久野容疑者の父親とみて、身元や死因の確認を急いでいる。

県警によると、久野容疑者は父親について「昨年十一月ごろ、風呂場で死んだ」と供述。死亡を届け出なかった理由については「受給していた父親の年金がもらえなくなると思った」などと話しているという。遺体は毛布でくるまれたまま埋められており、一部白骨化していた。

県警は、姪に対しても両容疑者から虐待があったとみて、慎重に捜査する方針だ。

15

雨の季節も近い。そんなことを感じさせる雲が、空を埋めていた。だが、埋め尽くしてはいない。ところどころに切れ間があり、わずかながら太陽の光も射《さ》している。

双葉ハウスには、駐車場が二カ所ある。一つは職員用で、裏の通用口を出たところに十六台分が広がっている。もう一つは来客用で、こちらは正門近くに四台分。

その来客用の駐車場に、軽自動車が入ってきて、停まった。運転席のドアが開いて出てきたのは、児相の近藤和人。後部座席からは、同じく児相の職員で、双葉ハウスを担当している篠崎夏《なつ》美《み》。そして、樫村多喜。白いブラウスにチェック柄のプリーツスカート。スカート姿の多喜を見るのは初めてだ。髪もきれいに梳《と》かしてある。

「いらっしゃい」

島本温子は笑顔で迎えた。

多喜は、硬い表情で、しかしはっきりと、

「こんにちは」

と挨拶してくれた。

「西倉さんはもう来てるんですね」

篠崎夏美が、来客用駐車場に停めてある紺色のＢＭＷに目をやる。

「いま、施設長室です」

篠崎夏美が、近藤和人にうなずいて、

「じゃあ、私はそちらに」

足早に建物へと向かった。

温子は、あらためて多喜の顔を見る。

一週間ぶりだった。

「来てくれて、ほんとに嬉しいよ」

「いえ……」

「それ、可愛い服ね。とても似合ってる」

「いただいたものです。施設の先輩の人から」

「そう。施設の生活には慣れた？」

「まだ……ちょっと」

多喜の口から発せられるのは、表面を滑っていくような言葉だけ。他人行儀になるのは仕方がないか。気まずさもあるのだろう。

「それより、あなたはどうなんです。怪我のほう」

と近藤和人。

「このとおり。完全復活です」

温子が大げさに右腕を回すと、

「タフですね。化け物ですか」

冗談めかして笑った。

「化け物はひどい。せめて、もののけにしてください」

病院で診てもらったところ、腕や肩に痣ができていたが、頭部も含めて骨には異常なく、全治一週間とのこと。もちろん、近藤和人にはとっくに連絡済みだ。この場であらためて持ち出したのは、多喜の気持ちを少しでもほぐそうという、彼の心遣いだろう。温子もその意思を汲《く》み取って、わざとおどけたのだ。多喜は付き合い程度にも笑ってくれなかったが。

施設での多喜の様子については、報告をもらっている。担当職員の指示には素直に従うし、受け答えも丁寧。いまのところ、ほかの子どもたちともトラブルを起こしていない。表面上は実にしっかりしていて、十一歳とは思えないほど。ただ、それ以外のときは、居室の壁際に一人でいることが多く、周りに自分から話しかけることはない。担当職員の見立てでは、自分なんかどうなってもいいと投げやりになっているか、あるいは、これ以上傷つくことを恐れて心を閉ざしているのではないか、とのこと。年齢不相応な大人びた態度は、必ずしもいい傾向ではないらしい。

『明日、多喜ちゃんを双葉ハウスに連れていこうと思うんだけど。赤ん坊のころに過ごした場所を実際に見ることが、いいきっかけになるかもしれない』

きのうの電話で近藤和人がいった。

『ちょうど、うちの篠崎がそちらに行くことになってるでしょ。ついでといっちゃ、なんだけどさ。話、通しておいてよ』

そういうわけで、多喜の双葉ハウス訪問が急遽《きゅうきょ》実現することになった。

つまり多喜も、ここに来ることを拒まなかったのだ。

「多喜ちゃん。ようこそ双葉ハウスへ……というより、お帰りなさいって感じかな。きょうは、わたしが案内させてもらいます。よろしくね」

この子の目に、双葉ハウスの建物はどう映っているのだろう。

*

島本温子という女性は、自分の母親ではない。樫村多喜は、その事実を知らされたときから、喜びも、怒りも、悲しみも、寂しささえ、感じられなくなっていた。まるで心そのものがどこかへ行ってしまったように。

鉄骨平屋建ての建物を目の当たりにしたときも、これといった感想はなかった。コバルトグリーンのなだらかな三角屋根に、クリーム色の壁。軒を支える柱には赤や青の原色が使われている。

しかし、そのどれも記憶にはない。懐かしくもない。

多喜は、島本温子と近藤和人に連れられ、ゆるやかなスロープを上って玄関を入った。

最初に案内されたのは、事務室という表示のある部屋だった。男性が一人、パソコンに向かっていた。多喜を見るなり、笑顔で立ち上がり、事務長をしている野木だと自己紹介した。

「よく来てくれたね。君のことは憶えているよ」

この言葉は意外だった。双葉ハウスに自分を知っている人がいるとは聞いていたが、保育士だとばかり思っていた。

「……ほんとですか」

「忘れるわけないよ。君がここを巣立っていくとき、そこにいる島本さんが泣き叫んで、みんな大変だったんだから」

島本温子が顔を赤くして、

「事務長っ！　いまそんなこといわなくたって」

「あれ、これいっちゃいけなかったの？」

野木事務長が、大げさに手で口を押さえた。

「もう……」

島本温子が多喜に苦笑する。

多喜は、思わず顔を伏せた。急に、恥ずかしいという感情が生まれたのだ。それは嫌なものではなく、どこか甘酸っぱさを含んでいた。

「ところで施設長は？」

「まだ西倉さんたちと話してる」

「じゃあ、そっちはあとにして、先に施設を案内してあげる。行こうか」

島本温子が、多喜の手に触れた。多喜は、どきりとして、とっさに引っ込めた。拒絶するつもりなどないのに、身体が勝手に反応してしまったのだ。

しかし島本温子は、気にする様子もない。

「こっちよ」

笑顔でいって、事務室を出ていく。

多喜も、少しほっとして、後に続いた。でも心臓は、まだどきどきしている。胸の鼓動を意識するのは、久しぶりのような気がした。

続いて案内された部屋には、ベビーベッドが並んでいた。ゼロ歳児用の寝室だという。プーさんの絵柄の入ったエプロンを着けた女性が、赤ちゃんにミルクを飲ませている。

「多喜ちゃんよ」

島本温子が紹介すると、

「こんにちは。佐藤です」

と微笑んでくれた。

「こんにちは」

多喜も、ささやくような声で応えた。ベッドには眠っている赤ちゃんもいる。起こしてはいけない。

「もっと近くで見てあげて。みんな、多喜ちゃんの後輩なんだから」

この人も、赤ん坊だったわたしを知っているのだろうか。聞きたかったが、我慢した。

多喜は、ベッドの一つに近づき、遠慮がちに覗き込んだ。男の子。親指をしゃぶったまま眠っている。

「そのベッド、もしかしたら、多喜ちゃんも使ったことがあるかもしれないよ。ですよね、島本さん？」

島本温子がうなずく。

「多喜ちゃんがここを出ていってから、まだ更新していないはずだから」

多喜は、ベビーベッドの手すりを撫でた。

（ここに……）

わたしも、こんなふうに、指をしゃぶって眠ったのだろうか。ああやって、哺乳瓶でミルクを飲ませてもらったのだろうか。

「もうお腹いっぱいかな」

佐藤保育士が、哺乳瓶を脇の台に置く。赤ちゃんを左肩に寄りかからせて、背中をぽんぽんと叩くと、赤ちゃんが盛大なげっぷをした。

「おお、すごい。南美《なみ》ちゃん、大満足だねえ」

赤ちゃんを肩から下ろし、

「多喜ちゃん、抱っこしてみる？」

「いいんですか」

「気をつけてね」

多喜は、慎重に抱かせてもらった。細い腕に、ずっしりと重みが掛かる。

「意外に重いでしょ」

赤ちゃんが、目をまん丸にして多喜を見上げてきた。初めて抱っこされる人だから、緊張しているのか。

「こんにちは」

多喜は、不安にさせないよう笑顔をつくり、できるだけやさしく話しかける。すると赤ちゃんが、ええええ、ええええ、と機嫌よさそうに笑った。

その笑い声を聞いたとき、胸の奥でじんと熱いものが生じ、身体中に広がっていった。しかしその感情は、喜びと一言で片づけるには、切なすぎるものだった。

「どうしたの」

島本温子がいった。

多喜は、赤ちゃんから顔を上げる。

「この子の……お父さんと、お母さんは？」

「たぶん、一カ月くらいで、またいっしょに暮らせるようになると思うよ」

「ちゃんと、いるんだ」

腕の中の赤ちゃんに笑いかけた。

「よかったね」

「腕、疲れたでしょ」

多喜は、佐藤保育士に赤ちゃんを返した。とたんに赤ちゃんが、佐藤保育士にしがみつく。ひとときの冒険を終えて、安全基地に帰ってきたように。

「佐藤さんが、この子のお母さん役なんですか」

「ええ、そうよ」

佐藤保育士の顔に、幸せそうな笑みが広がる。

「さ、そろそろ次に行こうか」

と島本温子。

佐藤保育士が、赤ちゃんの腕をとって、バイバイしてくれた。

多喜も手を振り返す。

廊下に出ると、近藤和人が壁にもたれて腕を組んでいた。

「姿が見えないと思ったら、どこに行ってたんです」

「野木事務長と名刺交換して、親睦を深めてたんだよ」

「お仕事熱心なことで」

「人脈ネットワークは、この仕事の命だからね」

多喜に目を向け、お、という表情をした。

「赤ちゃん、抱っこさせてもらったの？」

「どうして、わかったんですか」

「そういう顔してる」

意味がよくわからない。

島本温子も、なにいってんだろうね、この人は、とでもいいたげに肩をすくめた。

廊下を進んだ先には、遊び場が広がっていた。子どもたちが、ハイハイしたり、よちよちと歩いたり、おもちゃで遊んだりしている。

「ここがプレイルーム」

保育士は三人。ベテラン風の二人と、おねえさんと呼びたくなる若い人が一人。

ベテラン二人のうちの、太っていて貫禄のある人が、こちらを一目見るなり、

「あ、多喜ちゃん？」

と声を張り上げ、腕に男の子を抱いたまま、足音を響かせてやってきた。

「ね、多喜ちゃんでしょ？」

多喜は、迫力に圧倒されながらも、

「はい、樫村多喜です」

「まあぁ、大きくなって……」

ああ、この人もわたしを憶えてくれているんだ。そう思うと嬉しくなった。そして、嬉しいと感じている自分に、驚いた。

「知ってる？　あなたがここを出ていくとき、島本さんが強引にあなたを奪い返そうとして、大騒ぎしたんだから」

「しゅ、主任……そのことは、もう……」

島本温子が、また顔を赤くしている。

「はあい、それを、身体を張って押しとどめたのが、わたし」

もう一人のベテラン保育士が、子どもたちの相手をしながら、手を挙げていた。

「加藤さんまで……」

近藤和人が、島本温子をまじまじと見やり、

「あなた、ここでは伝説の保育士なんだ」

ベテラン保育士たちが声を揃えて笑う。

ただ、おねえさん保育士だけは、あいまいな笑みを浮かべただけで、おもちゃで遊ぶ子どもたちをぼんやりと眺めていた。黄緑色のエプロンをかけた肩が、なんだか寂しそうだった。

このあと多喜は、子どもたちの遊び相手を少しさせてもらってから、面談室に案内された。近藤和人は、施設長室に顔を出すといって離れていった。

島本温子も、紅茶とシュークリームを運んできてから、

「多喜ちゃんに見せたいものがあるから、持ってくる。先にこれ食べててね」

と出ていった。

一人残された多喜は、こぢんまりとした部屋に、視線を巡らせた。木製のテーブルに、四人分の椅子。テーブルには花瓶に生けられた花。大きなシュークリームからは、バニラの香りが美味しそうに漂ってきたが、手を伸ばす気にはなれない。

思ったよりも早く、島本温子がもどってきた。

「あら、食べてないの？　遠慮しなくていいのに。ひょっとして、シュークリーム、嫌い？」

多喜は首を横に振った。

「そんなこと、ないです」

「ならいいんだけど」

島本温子が正面に座り、手に持っていた厚いファイルを、多喜の前に置く。

表紙には〈多喜〉と記されている。

これは？

「多喜ちゃんのケースファイルよ」

「わたしの……」

「このファイルには、多喜ちゃんが双葉ハウスで暮らしていたときの、すべての記録が収めてある。これを見れば、多喜ちゃんがその日、誰とどんな過ごし方をしたか、なにに出会ったか、なにができるようになったか、ぜんぶわかるようになってる。見てごらんなさい」

多喜は、あらためてファイルと向き合った。

心臓が、ふたたび鼓動を強めていた。

養親と暮らしはじめる前のわたしが、この中にいる。

未知の自分が、この中にいる。

表紙を開いた。

双葉ハウスでの第一日。

体重。身長。体温。ミルクの摂取量。機嫌。全身の健康状態。手書きで丁寧に書いてある。記入者は、島本温子。

ページを捲る。

体温だけでなく、体重も毎日記録してある。その数値を追っていくだけでも、日々成長する様子が伝わってくる。

多喜は、日々の記録の言葉を拾いながら、夢中でページを捲っていった。

〈授乳するとき、しっかり目を見てくれるようになった。絆ができはじめていると感じる。〉

〈午前二時。夜泣き。抱っこしてあげると、すぐにスヤスヤ。〉

〈初めて笑った！　ヤッター！〉

〈院庭をお散歩。見るもの見るものが珍しいのか、きょろきょろしていた。とにかく怖がらない。好奇心の人一倍強い子だ。だからこそ、怪我をしないように注意が必要。〉

目に飛び込んでくる文字が、そのまま多喜の記憶に書き込まれていく。

わたしが、お気に入りのおもちゃを目指してハイハイする。粘り強く、一生懸命に。そして遂に、目的のおもちゃを手にする。

わたしが、ベビーベッドの手すりにつかまりながら、初めて両足で立つ。あの人が拍手をしてくれる。わたしは、誇らしげに、にっこりと笑う。

わたしが、あの人に手を繋いでもらって、初めて歩く。自分の足で歩くことで、世界が一気に広がっていく。あらゆる瞬間、あらゆる方向に発見があり、楽しくて仕方がない。

わたしが初めて言葉を話す。最初に口にした言葉は……。

〈あまぁ。〉

体重が増え、身長も伸び、言葉やいろいろなものを獲得していく。そんなわたしの成長を、こうして一つ一つ、大切に記録してくれる人がいた。わたしの存在そのものを祝福してくれる人がいた。わたしを見守る眼差しは、まぎれもなく、母親のものだった。

（え……こんなこともしたんだ）

その日、わたしは、あの人の自宅に泊まっていた。あの人の車に乗せてもらい、いっしょに買い物に出かけ、家に帰って夕食をつくってもらって食べ、お風呂に入り、あの人の手を握りしめて眠りにつく。一日中、ずっといっしょに過ごす。まるで本当の親子のように。

そして最後のページ。

一枚の写真。

わたしだ。

わたしは抱っこされている。

あの人の腕に。

いま、目の前にいる、この人の腕に。

「その写真は、多喜ちゃんがここを出ていく当日に撮ったもの。ほら、わたしの目、ちょっと潤んでるでしょ」

しかし、抱っこされている自分は、笑っている。

心の底から、幸せそうに、笑っている。

「かわいい……」

思わず口から漏れた。その瞬間、自分の中にあった空白を、いちばん土台のところにあった空白を、ようやく埋めることができた気がした。そして確信した。

わたしは存在している。

この世界に存在している。

そして、これからも存在していいのだ。

「シュークリーム、食べてみてよ。美味しいって評判の店なんだから」

多喜は、手を伸ばして一口含んだ。上品な甘みとコク、バニラの香りがいっぱいに広がる。

「おいしいっ！」

「でしょ！」

多喜はさらに頬張る。

滋味が身体の隅々まで染みわたっていく。

強ばりを解かしていく。

素直な言葉が口からこぼれる。

「わたし、きょう、ここに来て、よかったです」

「来るかどうか、迷ってたの？」

「そうじゃないけど……来ても意味がないんじゃないかって。本当のお母さんのことがわかるわけじゃないし……でも、来てよかったです」

「そういってもらえると、うれしい」

多喜は、目の前にいるこの人に甘えたい、という衝動を感じた。

「どうしたの。話したいことがあるなら、遠慮なくいってみて。どんなことでもいいから」

心を見透かされている。

しかし、それが不快ではない。

シュークリームをテーブルにもどす。

「あのね……」

「うん」

「……それでも、やっぱり、わたし」

多喜は、両手を膝に置き、島本温子の顔を見つめた。

「本当のお父さんとお母さんに会いたいですっ！」

自分の声が、遠くに聞こえる。

「本当のお父さんとお母さんが迎えに来てくれたら、どんなに嬉しいだろうって、いまでも思ってます。たぶん……大人になっても、ずっと」

島本温子の深い笑みが、多喜を包み込む。

「それで、いいのよ」

多喜は、残りのシュークリームを一気に口に押し込んだ。

面談室のドアがノックされた。

顔を見せたのは野木事務長。

「島本さん、そろそろですよ」

「了解です」

島本温子が、多喜に向き直る。

「きょうね、これから、ここを巣立って、新しいご両親との生活をはじめる子がいるの。あのときのあなたと同じように。よかったら、いっしょにお見送りしてあげない？」

＊

双葉ハウスの玄関には、すでに人が集まって賑やかだった。

きょうの主役は、なんといっても健一郎くん。そして、彼の里親を引き受けた西倉夫妻。おそらく、遠からず特別養子縁組の手続きをとることになるから、実質的には、健一郎くんの新しいお父さんとお母さんだ。今回の里親委託を担当した篠崎夏美は、晴れて家族となる三人を感慨深げに眺めながら、野木事務長と言葉を交わしていた。

仕事熱心な近藤和人は、三浦施設長の隣でさかんに話しかけている。例によって人脈づくりだろうか。施設長も、久々に肩書きにふさわしい扱いをされているためか、まんざらでもなさそうだ。

子どもたちも大集合。ただし、健一郎くんとの別れを惜しむというより、お祭りみたいな雰囲気に飲まれている子が多い。育磨くんと夏彦くんは興奮してはしゃぎ回っているし、いつもは生意気で反抗的な敏也くんは不安そうに指をしゃぶっている。健一郎くんと仲よしだった恵理ちゃんもおとなしく後ろのほうで隠れていた。ゼロ歳児はゼロ歳児で、一人残らずきょとんとしている。

そんな子どもたちに、さりげなく気を配っているのは、保育士の面々。村田主任と加藤昌代は両手に子どもの手を引き、佐藤万里は南美ちゃんを抱いている。

「寺尾さんは?」

佐藤万里が、困った顔で、首を横に振る。

温子も、両手を腰にあて、ため息を吐いた。

「しょうがないなぁ」

傍らの多喜に笑みを向け、

「多喜ちゃん、ちょっとここで待っててね」

「どこに行くんですか」

「昔のわたしを連れてくるわ」

寺尾早月は保育士室にいた。

椅子に座り、背中を丸めてうつむいている。その姿は、ふて腐れた子どもだ。

温子は、保育士室のドアのところに立ち、腕を組んだ。

「なにやってんの、こんなところで」

寺尾早月が、顔を上げ、振り向く。

泣いてはいない。しかし、針の先で突くだけで破裂しそうだった。

「健一郎くん、行っちゃうよ」

無言で目を逸らす。

「寺尾さん」

「だって……どうせ、あたしのことなんか……」

温子は、つかつかと寺尾早月の前に回り込み、テーブルを思い切り叩いた。

「いい加減にしなさいっ！」

寺尾早月が目を丸くした。

温子も椅子に座り、彼女の手を取って握った。

「つらいのはわかるよ。お別れなんかしたくないって気持ちだって、わたしにも身に覚えがある。でもね、あなたは、健一郎くんのマザーなんだよ」

「そんなこといったって……せっかくあたしが……」

「あなたは、健一郎くんのお世話をしてきたんじゃなくて、お世話を、させてもらったんでしょ。健一郎くんから、幸せをいっぱいもらったんでしょ。あなた、自分でそういったじゃない。忘れたの？」

寺尾早月は温子の言葉を感じている。頭では理解しているのだ。理屈はわかっているのに、心が付いていかない。受け入れられない。だから、どうしていいのかわからなくなって、混乱している。

しかし、乗り越えなければならないのだ。

彼女自身の力で。

温子は、握っていた手を離し、自らの姿勢を正した。

「きちんと、最後のお別れを告げなさい。それが、健一郎くんに対する、礼儀でもあるんだよ」

寺尾早月が、瞳を上げた。

「礼儀……」

「健一郎くんは、一人の人間として、新しい人生を歩きはじめる。きょうを境に、これまでとは違う日々を生きることになる。これは、わかるよね」

「……はい」

「だったら、健一郎くんに、ちゃんと区切りを付けさせてあげなきゃ」

そして、あなたの心にも。

「区切り……」

「そう。区切り。それができるのは、健一郎くんのマザーだった、あなただけなの」

「島本さん……あたし……」

「さあ、笑顔で送り出してあげよう」

＊

きょう、ここを出ていく子は、健一郎というのだと、児相の近藤さんが教えてくれた。

健一郎くんは、新しいお母さんに抱っこされて、にこにこしていた。見送りの子どもたちが、代わる代わるサヨナラをいっている。でも、みんな声が明るく元気で、お別れの場とは思えない。

「お待たせ」

あの人がもどってきた。

おねえさん保育士といっしょだった。

おねえさんの目は、赤く潤んでいた。どこかで見たことがあると思ったら、自分のケースファイルに貼り付けてあった写真だと気づいた。そこに写っていたあの人の目と同じなのだ。それでも、おねえさんは、懸命に笑おうとしている。

子どもたちがお別れを済ませ、最後におねえさんが健一郎くんの前に進んだ。

健一郎くんの表情が硬くなる。

でも、おねえさんが、

「よぅ、健一郎」

おどけて敬礼の真似をすると、健一郎くんも笑顔になった。

健一郎くんの新しいお母さんが、おねえさんの腕に、健一郎くんを託した。

おねえさんが、健一郎くんを抱っこし、キスしそうなくらい顔を近づける。

「健一郎、さっちんとは、きょうでお別れだぞ」

この人は、健一郎くんから〈さっちん〉と呼ばれていたのだ。

「これからは、新しいお父さんとお母さんと、生きていくんだ。さっちんのことは、忘れていいから」

「さっちん？」

「いいんだよ。でも、さっちんは、健一郎のことは、忘れないぞ。絶対に、忘れない」

おねえさんが、健一郎くんをぎゅっと抱きしめた。

「幸せになれよ。いっぱい愛してもらえ。お父さんとお母さんを大切にな」

健一郎くんを、お母さんに返す。

「じゃあな。バイバイ、健一郎っ！」

おねえさんが手を振る。ほかの子どもたちも手を振る。健一郎くんのご両親が、御礼をいって頭を下げる。笑顔がいっぱい咲いている。

みんなで駐車場に移動した。

紺色の自動車に、健一郎くんたちが乗り込む。

エンジンがかかる。

窓が開いた。

健一郎くんが手を振っている。でも、さっきまでの笑顔はない。

車が動きだした。

みんな手を振る。

さようなら。元気でね。

保育士や職員の人たちが口々に叫ぶ。

車が正門のところで一旦停止する。

「さっちんっ！」

車から健一郎くんが大声で呼んだ。

おねえさんが、いきなり駆けだした。

「寺尾さんっ！」

あの人の悲鳴のような声。

その瞬間。

多喜は、記憶のいちばん深いところで、なにかが割れたような気がした。

この光景、たしかに見たことがある。

わたしはあの車の中にいた。外であの人が叫んでいた。泣いていた。こっちに駆け寄ろうとして、ほかの人に押さえつけられていた。くしゃくしゃになった真っ赤な顔。どうしてそんな顔してるの？　不思議な気持ちで見ているうちに、だんだんと離れていく。あの人が小さくなっていく……。

「寺尾さんっ！」

おねえさんが、ぐっと地面を踏んだ。

両拳を握りしめる。

「健一郎っ！」

車に向かって叫んだ。

「絶対、絶対、幸せになれよっ！　おまえの幸せ、ずっと祈ってるからなっ！　おまえがあたしのことを忘れても、あたしはおまえのことを忘れずに、ずっと、ずっと、祈ってるからなぁっ！」

紺色の車が正門を出ていく。

多喜は泣きたくなった。悲しいからじゃない。うれしいのとも違う。ただ、胸が熱く震えて止められない。あふれる涙を拭って、思い切り腕を伸ばした。大きく振った。夢中で振った。だいじょうぶだよ。あなたは、きっと、幸せになれる。あなたは、こんなにたくさんの人たちに、祝福されている。見守られている。お母さん役のあの人だけじゃない。育ててくれた両親。引き取ってくれた祖父。きっとほかにも、自分の知らないところで、いろいろな人が祈ってくれている。だからあなたはひとりじゃない。

車が見えなくなる。

エンジンの音も遠ざかっていき、やがて、聞こえなくなった。

「行っちゃったね……」

見送りの人たちの間に、風のような寂しさが漂う。

多喜は腕を下ろした。
おねえさんも、力尽きたように、その場にへたり込んでいた。
あの人は、そんなおねえさんの背中を、遠い目で見つめている。
多喜は、隣に立つその人の手を、そっと握った。
あの人が、少し驚いた顔をする。
そして、お母さんのように、微笑んでくれた。

参考文献

『乳児保育―子どもの豊かな育ちを求めて―』阿部和子編著　萌文書林
『新版　乳児院養育指針』社会福祉法人全国社会福祉協議会・全国乳児福祉協議会
『最新保育講座13　保育実習』阿部和子・増田まゆみ・小櫃智子編著　ミネルヴァ書房
『福祉のひろば』２００４年10月号～２００５年３月号・２００７年８月号　総合社会福祉研究所編　大阪福祉事業財団　かもがわ出版

この作品は電子書籍ストア「BookLive!」で
連載された作品に加筆・修正したものです。
BookLive!　https://booklive.jp/

装画　たかしまてつを
装丁　米谷テツヤ

[illegible]